SHELTER/CAGE

囚人と看守の輪舞曲

織守きょうや

双葉文庫

CONTENTS

SHELTER/CAGE
囚人と看守の輪舞曲（ロンド）

第一話　鉄格子と空——河合凪

午前五時、静まり返った廊下を、足音を忍ばせて歩く。

廊下の中央部分にだけゴムが張られた造りのおかげで、さほど気を遣わなくても、足音は響かなかった。

両側にずらりと並んだ鉄格子の向こうでは、受刑者たちが布団を並べて眠っている。いくつもの雑居房――法律が改正されて現在の正式名称は「共同室」だが、ここでは皆昔のまま雑居房と呼んでいる――の前を通り過ぎたが、深い眠りの中にいる彼らはぴくりとも動かなかった。

目的の房の前で立ち止まる。

鉄製の扉にも格子のはまった窓がついていて、その上に白いペンキで部屋番号が書いてあった。番号を確認してからそっと鍵を差し込み、音をたてないように扉を開く。起床時間までは、まだ一時間半もある。

刑務所内の食事を作る、炊場担当の受刑者たちは、他の受刑者よりも三十分早く起きる。そして、その中でもボイラー担当の受刑者はさらに早く起きる。

本来のボイラー担当者が急病で病舎送りになってしまったため、今朝は、普段は鉄工場で働いている受刑者に臨時でボイラー夫をやらせることになっていた。

その受刑者を起こしに行くのが、見習いを終えたばかりの新人刑務官である彼女の、最初の仕事だった。

「一二六番」

扉の一番近くで寝ていた男に声をかける。

男は、揺り起こす手が触れるか触れないかというところですぐに起き上がった。

たった今まで眠っていたとは思えないきびきびとした動作で布団を畳み始めたので、先に廊下に出て待つことにする。

腰をかがめて扉をくぐり、廊下の薄あかりの下へ出てきた男は、

「——ご苦労様です」

そう言って頭を下げ、顔をあげたとき、初めて、自分を起こしたのが見慣れない刑務官であることに気づいたようだ。少し驚いた顔をした。

「……夢かと思った、女の子の声がしたから」

これから作業衣に着替えて、朝食の支度が始まる前に、ボイラーを操作しなければならないのだから、ゆっくりしている暇はない。それを熟知しているのは受刑者も同じなのだろう、ぼそりとそんなことを言うと、さっさと先に立って歩き出した。

男は特に急いでいるようには見えなかったが、一歩一歩が大きく、身長差がある分、普通について行くのにも早足になる。

それに気づいたのか、男の歩調が少し遅くなった。

「名前なんていうの」

こちらを見ず、まっすぐ前を見て歩きながら、あまり興味もなさそうに尋ねられる。

およそ受刑者が刑務官に対して話すような言葉遣いではなかったが、気安い口調が自然すぎて、咎め立てするのも馬鹿らしく思えた。

「河合です」

「下の名前は？」

不思議な男だ。

舎房と同じ棟にある検身場までの道も、そこから工場への道も、本来ならば私語が禁止された場所だった。彼を咎めるべき立場の刑務官に対して堂々と、しかもまるで友人のような口のきき方をする。

新人の刑務官はなめられる、若い女の刑務官となればなおさらだから、受刑者には厳しく接しろとさんざん言われてきたのに——気づいたら、答えていた。

「凪」

ふーん、と言って、男は検身場の扉に手をかけた。

「あんた変わってんな」

+++

「そういうときは答えなくていいんだよ」

まったくおまえさんは馬鹿正直だな、と、呆れた顔で菊川が言った。

二十六年間刑務官を務めてきたという菊川は、すでに部長職で、収容されているすべての受刑者のことをよく知っている。一二六番は阿久津という名で、二十九歳だと教えてくれた。

「まぁ俺は、懲役とコミュニケーションをとることはいいことだと思ってるけどな。必要があるとき以外懲役とはしゃべるな、ってのが上の考えらしいからなぁ」

俺が若い頃はもっと普通にしゃべってたな、と顎ひげを撫でながら宙を見る。

「でも、答えちゃうよね。僕も、相手が年上だったりすると、つい敬語になっちゃって」

去年刑務官になったばかりだという水谷が、苦笑しながらそう言って、食べ終わったコンビニおにぎりのフィルムを丸めた。

「仕事は仕事だからな。そんなこと言ってると、刑務官は務まらないぞ」

「わかってるんですけどねえ……あ、もう行かないと」

これから待機時間に入る凪と入れ替わりに、水谷が担当場所に戻るシフトになっている。彼は立ち上がり、出口に向かう途中でフィルムをゴミ箱に捨てて出て行った。

凪は、菊川と二人で待機室に残される。

「何突っ立ってんだ、勤務報告は終わったんだろう。飯食う時間なくなるぞ」

「菊川さん」

「なんだ」

「どうして一二六番がボイラー夫の代役に選ばれたんですか？」

菊川は、受刑者が作った灰色の湯呑みを取りあげ、

「あいつは、鉄工に移る前にボイラー担当だったことがあるからな」

ず、と音をたてて一口すすった。それから顔をしかめる。猫舌らしい。

「最初は炊場で、調理を担当してたんだよ。それからボイラー、印刷、木工にも少しいたか……で、今は鉄工場だ」

「ずいぶん色々移ったんですね」

通常、一度どこかの工場に配属されたら、そこから異動させられることはない。異動が多いと技術が身につかないし、作業に慣れて技術が向上した頃に異動させたのでは、せっかく教育にかけた時間が無駄になるからだ。

「工場でトラブルになるんだよ。懲役同士のケンカとかな。そうすると、異動させるしかないだろう」

確かに、懲罰を受けた後、トラブルがあった作業場に再び戻せば、また同じトラブル

が起こりかねない。

「あとは、まぁ、こっち側の都合もあるな。何のトラブルもなくても、長く同じ場所に置いとくと問題があるってんで、慣れた工場から異動させたこともある」

「問題？」

「どこにいっても、いつのまにかリーダーになっちまうんだな。そういう奴は異動させられる。他の懲役を煽動（せんどう）して、暴動でも起こされたらコトだからな」

「人望があるんですね」

「長いからな。頼りにされるんだろ」

二十九歳なら、受刑者の中では若いほうだ。

それが皆に頼られるというのは、何か彼に魅力があるのだろう。一度会っただけだが、何となくわかるような気がした。

「阿久津は特に反抗的ってわけじゃないから、特別心配する必要はない。ケンカなんかのトラブルも、そうしょっちゅうってわけじゃないしな。ただ、あいつのペースに乗せられて調子を崩さないようにな」

「はい」

「待機時間は三十分だぞ、さっさと飯食え」

「はい」

＋＋＋

阿久津は目立つ存在だった。物理的にも。

背が高いから、舎房と工場の間を移動するときも、列の中でひょろっと頭一つ分抜け出てしまう。

受刑者たちが姿勢良くしている中、彼一人が猫背で、よく他の刑務官に注意されていた。

けれど、それだけではなかった。

他の受刑者たちとは違っていた。理由はわからない。しかし明らかに違っていた。

受刑者らしさがないのだ。良くも悪くも。

漠然とそう感じながら、では受刑者らしさとは何だろう、と凪は考える。

その答えにはすぐには辿りつかない。しかし、受刑者は受刑者らしいものだ。受刑者は受刑者として扱われ、受刑者として振舞う。最初は自分の立場を理解できていない者も、次第に理解する。それが、塀の中でもっとも生きやすい形であることを学ぶ。長く服役しているのならなおさらだ。

それが受刑者らしくないというのは、どういうことなのか。

「嬢ちゃん、いくつだ？　ちいっと色気がねえなァ」

移動中、声が聞こえて振り返った。

受刑者たちは皆前を向いて同じ足取りで歩いていて、誰が言ったのかはわからない。

珍しいことだった。刑務官に反抗的な態度をとる受刑者は、意外に少ない。

女だということで揶揄されることも、覚悟していたがこれまでは一度もなかった。

愉快ではないが、声の主を探すのも難しそうだ。

列の前のほうを確認するため視線を反対側へ向けたとき、

「なんでこんな塀ん中来たんだよ、男ばっかのよ。そんなに男が好きなら」

再び声が聞こえ、それが不自然に途切れた。

振り返ると、一人の受刑者が両手を地面についている。がっしりした体つきの、四十代くらいの男だ。転んだらしい。

必然的に、行進も止まる。

「何しやがんだッ」

「あー、悪い。脚が長いもんで」

舎房衣の膝を汚した男が、乱れた列の中、すぐ横に立っている相手を見上げて吠える。

しれっとそれに応えたのは、一二六番。阿久津だった。

どうやら、彼は阿久津の足につまずいて転んだようだ。

凪は、阿久津に怒鳴る男の声が、自分をからかった声と同じだと気づいた。

「私語」

硬質な声がして、はっとする。

列の前のほうについていたはずの北田(きただ)が立っていた。

かつかつとまっすぐに靴音(くつおと)が近づいて、北田は列を乱している二人の受刑者の前で止まる。

他の受刑者たちは、慌(あわ)てて乱れた列を直した。

「九四番、刑務官への暴言。取り調べる。独房拘禁(こうきん)だ」

そう宣告され、膝をついたままだった受刑者は何か言おうとしたが、結局は口を閉じる。

北田もまだ二十代の若い刑務官だが、凪とはキャリアが違う。彼に口答えをする度胸はないのだろう。黙って膝の埃(ほこり)を払い、立ち上がる。

「一二六番もだ。指示違反。懲罰審査会を待つように」

「へーい」

北田ですらも、阿久津の言葉遣いを注意することは諦(あきら)めているのか、やる気のない返事をした彼を一瞥(いちべつ)しただけで元の場所へ戻ってしまった。

受刑者たちが工場に入ってから、

「大丈夫ですか」

表情を変えないまま凪を見て、北田が口を開く。

「……はい」

受刑者にからかわれたことを言っているのだと気づいて、凪は姿勢を正した。

「平気です」

北田はそれきり何も言わず、また前を向いて、受刑者たちの監督のため歩き出した。凪も横に並ぶ。

「一二六番の懲役……」

凪が言うと、ちらりと目をあげる。

この男が笑ったところを見たことがない。怒ったところも。せいぜいが眉を寄せるくらいで、昔から愛想がないと言われている凪と並んでいると、菊川が「無表情なコンビだな」と苦笑するくらいだった。

「彼は、少し、他の懲役と違う気がします」

凪が言うと、

「そうでしょうね」

そう言って、また視線を前へ向けた。

それで会話は終わった。

＋＋＋

「炊場担当、河合です。入ります」

医務室のドアをノックし、声をかける。

中から、どうぞと声がした。

食事のトレイを片手で持ってドアを開けると、薄く消毒液の匂いがした。

こんな部屋で食事をしても味わえないだろう。

「ご苦労様。今日も豪華ね、私、家でもこんなに品数作らないわよ」

トレイを受け取って、女医の西門が感嘆したように言った。

「仕事には慣れた？」

「……少しは」

薄化粧でも、彼女はきれいだった。派手な色ではないが、きちんと口紅が引かれている。

海外ではそうでもないらしいが、この国では女医が刑務所に常駐するのは珍しい。前任の老医師よりも診察が丁寧だと、評判は上々らしかった。

「いじめられてない？」

「先輩方は、よくしてくれる」

「そう。よかった。懲役にもいじめられてない？」

「刑務官だから。平気」

「何かあったら言ってよ。あんたに失礼な態度とったら、病気になっても診てあげないわよって言っておくから」

「それ、大問題だから……」

「冗談よ」

凪がこの刑務所に配属されたのは、彼女の身内だからというのも理由の一つだった。女性の刑務官、女性の医師。民営の刑務所だからこそ先進的な試みが多くなされているが、まだ試験段階だ(処遇の最終決定を行うのは国だから、民営と言っても一部民間委託に過ぎないが)。

女性職員は少数派だから、近くに身内がいたほうが心強いだろうとの配慮らしかった。

「一二六番って……知ってる?」

「一二六? 誰だっけ」

「阿久津……」

「ああ。阿久津真哉(しんや)」

「知ってるんだ」

「目立つもの。ちょっとかっこいいでしょ。私は、北田刑務官みたいな知的なタイプのほうが好みだけど。クールで、眼鏡(めがね)が似合って」

でも年下なのよねえ、などと言い始め、このままでは男性刑務官のランクづけでも始めそうだったので、凪は遮(さえぎ)る形で口を開く。

「あの人……」

「北田さん?」

「阿久津のほう。何か……変わってる」

彼は、自由に見える。塀の中、檻の中で、自分のしたいようにして、生きているように見える。そんなわけがないのに。

そう装う者は、いる。入所したての受刑者で、自尊心の強いタイプに多い。自分は刑務官など怖くない、古株の受刑者との関係も気にしない、と粋がって、でも一ヵ月もすれば変わる。

「受刑者らしく」なる。

それは教育の成果でもあり、塀の中で生きて行くため、受刑者自身が自ずから学ぶことでもあった。

受刑者は少しでも早く塀の外に出るために、また、塀の中での生活を少しでもましなものにするために、色々なことを我慢する。

欲望を抑えたり怒りを抑えたり、たとえ理不尽さを感じても呑み込んだり。

阿久津にはそれがないように見える。

「あの人、反省も、反省したふりもしてないみたい……刑務官に気に入られたいとか、早く仮釈放されたいとか、そういう打算も何もないみたい。ここにいること、何とも思ってないみたい」

たとえば、ケンカをしたら懲罰だとか、懲罰を受けたら仮釈放が遠のく、だとか。同じ工場の人間と仲たがいをしたり、刑務官に睨まれたりしたら、過ごしにくくなるだとか。そういった制約に、阿久津は縛られていないように見える。

「でも、反抗的ってわけでもないし……すごく、普通。よく言えば、健全ってことになるんだけど」

「まあね。刑務所の中で普通に過ごせる、抑圧されずに健全でいられるっていうのは、逆にどこかに問題があるとも言えるけどね」

凪が顔をあげると、珍しく医者らしい表情で、西門は顎に手をあてていた。

そうかもしれない。

塀の中で、本当に自由でいることなんてできない。

阿久津は本当に自由なわけではない。

「一番自由に見える人が、誰より不自由なのかもしれないわよ」

西門は、時々、こういう遠まわしで意味深なことを言う。

ドラマに出てくる教師のようだ。自分に何かわからせたいのだろうと凪は感じているが、いつも、それが何なのかはわからなかった。

「……もう行かなきゃ」

勤務中に、いつまでも医務室にいるわけにはいかない。

話をそこで切り上げて部屋を出た。

ドアのところで、失礼します、と頭を下げる。

西門が、「阿久津によろしく」と言った。

＋＋＋

「俺はやってないんだ、冤罪なんだよ、なぁ、俺はやってないんだ」

どこからか声が聞こえてきて、凪は自分の身体が強張るのを感じた。

夜間の巡回は初めてではない。

暗い廊下を歩いて見回ることに最初は緊張したが、二度、三度と続けるうち、難しい仕事ではないことがすぐにわかった。消灯時間を過ぎた舎房では、皆が布団をかぶって身動き一つしない。眠っていない者も、刑務官の足音が聞こえれば、おとなしく眠ったふりをするのだろう。

夜間の見回りはまだ数回しか経験していないが、トラブルがあったことは一度もなかった。

緊張しながら、少し足を速める。声の出所はこの先の舎房のようだ。受刑者同士の密談とは思えない。明らかに、誰かに向けて訴える声だった。

「聞いてくれ、なぁ、信じてくれ。俺は無実なんだ、間違いなんだ、俺じゃないんだ、俺は」

阿久津の房だ。

部屋の中で身を起こして、誰にともなく訴えている男が見えた。

周りの他の受刑者たちは、布団をかぶって、取り合おうともしていない。男が騒ぐのはそう珍しいことではないのかもしれないし、関わりあいになって自分まで懲罰を受けることを恐れているのかもしれなかった。

精神的に不安定になっているのなら、房を移したほうがいいかもしれない。暴れる恐れがあるなら、他の刑務官にも報告してからのほうが——そう思いながら、とりあえず静かにするよう声をかけようと房の扉に近づいたとき、騒いでいる男から一列離れたところに敷かれた布団から、一人の受刑者が起き上がった。

阿久津だ。

こちらを見て、「静かに」というように、口の前に指をたててみせてから、布団をめくって立ち上がる。

男はまだわめいている。

阿久津は男の布団の横まで行ってひょいとしゃがみこむと、その耳元で何事か囁いた。

「————」

無実を叫んでいた、言葉が途切れる。

手品でも見せられたようだった。

男は黙り、阿久津を見た。

阿久津も黙って男を見返し、男は、ゆっくりとうつむいて、布団に横たわる。

阿久津は何事もなかったかのように、自分の布団に戻った。

＋＋＋

炊場の次は、鉄工場の監督の手伝いをすることになった。

新人刑務官には、現場に慣れさせるため、一通りの工場で監督業務の手伝いをさせるのがこの刑務所のやり方らしい。

主担当はベテランの菊川で、受刑者との信頼関係も築かれているから、工場も安定している。凪のような新人が指示を出す必要もなく、作業は坦々と進むので、仕事と言っても、立っていれば終わるようなものだった。

しかし作業開始からほどなく、きょろきょろと周囲を見回している受刑者に気づいた。

新入訓練を終えて配属されたばかりの、新入りの受刑者だ。

何やら物言いたげに、人を探しているように見える。機具の使い方は教わったはずだが、手順がわからなくなってしまったのだろう。

しかし、作業中の私語や脇見は禁止されている。

「工場内は脇見禁止です」

凪が早足で近寄って声をかけると、まだ若いその受刑者はびくりと肩を揺らした。

叱責されると思っているのか、どこか怯えたような目で見上げる。

「作業指導が必要なら、挙手をして指導を申し出て……」

凪の説明にも言葉を返さず、震える指で作業台を指さし、口をぱくぱくさせている。

間近で見た顔は彫りが深く、その挙動とあいまって、もしかして、と思った。

「一班班長！　作業指導を」

菊川が大きな声で、そう指示するのが聞こえた。

作業指導の札を持った阿久津が横に来て、作業の手順を教え始める。

「日本語、わかるか？」

途中で阿久津の言葉が聞こえ、「スコシ」と片言で応える声も聞こえた。

この受刑者は、日本人ではないのだ。

彼は阿久津の身体ごしに、背を向けかけた凪を見て、ひょこりと会釈のような動作をしてみせる。

そのとき作業衣の襟ぐりから覗いた首もと、鎖骨の上辺りに、茶色い痣が張り付いていた。

＋＋＋

どこかにぶつけただけかもしれない。

新入訓練が終わったばかりの受刑者だ、訓練でどこか痛めることもありうる。

もしかしたら、ずっと前からある痣かもしれないし、そもそも怪我の痕だとも限らない。

そう思うのに、何故か気になった。

気の弱そうな表情、どこかおどおどした態度、彼が新入りの受刑者であること、外国人であること。そういった事実の一つ一つが、嫌な想像につながった。

少し固めのソファでぼんやりしていたら、

「どう？　仕事には慣れた？」

備えつけの電気ポットで茶を淹れていた水谷が、湯呑みを二つ持ってやって来て、向かいに座った。

礼を言って受け取る。

彼は気さくに話しかけてくれ、話しやすい先輩だった。

ここでは凪の次に若いはずだが、童顔のせいで、さらに若く見える。

刑務官というより、子どもや高齢者相手のサービス業に向いていそうだ。

「はい。働き始めるまでは、周りから心配されていたんですが、しっかりした規律があるので、想像していたよりずっと、トラブルもなくて……」

「そっか。ならよかった」

人なつっこい笑顔を向けられ、この人になら、と思う。

思い切って顔をあげた。

「でも……私の知らないところで、トラブルはあるんでしょうか。私が気づけていないだけで」

「どういうこと？」

「たとえば、懲役間での、いじめとか……」

「ああ。あるかもしれないね。勿論防止しなきゃいけないことだけど、管理しきれていない面もないとは言い切れない」

水谷は眉を寄せた。

「何か気づいたことでもあるの？」

「……いえ。思い過ごしかもしれません」

はっきりしないうちから、滅多なことは言えない。

しかし、水谷は何かを感じ取ったらしく、「僕も気をつけておくよ」と言ってくれた。

平日の午後、受刑者たちは運動場に出て、四十分間の運動をすることを許される。

高い塀の張り巡らされた運動場だが、空が見えること、土の地面を踏めるということだけでも解放感を感じるらしい。運動場に出ると、受刑者たちの表情が目に見えて変わった。

運動場での雑談は大目に見ることになっているから、立ち会いの刑務官も、終了時間までは遠巻きに様子を眺めるだけだ。

凪も運動場の入り口で、走ったり会話を楽しんだりしている受刑者たちを見守る。

受刑者たちが大きな声で話したり笑ったりしている様子を見るのはこの時だけだ。

阿久津は、ぶらぶらと歩き回っては同じ工場の仲間たちと言葉を交わしていた。親しげに相手の背中を叩いたり、小突かれて笑ったりしている。

そうしていると、まるで普通の、どこかの工場の昼休みのようだった。


そろそろ運動時間も終わろうかという頃、凪は、一人でゆっくりと運動場の壁際を散歩している受刑者に気づいた。

男は短く刈った頭に手をやり、ほんの数秒、立ち止まる。その作業衣のズボンの裾から、何かが落ちたようだった。

遠目なのでよく見えなかったが、色のついたものが土煙に紛れて見えた気がして、凪は一歩足を踏み出しかける。

しかし、ちょうどそのとき、運動時間の終了を告げる水谷の声がかかった。

「整列ー！」

運動時間は、移動時間を含めて四十分間と決まっている。オーバーするわけにはいかなかった。

阿久津も、一人で散歩していた男も、皆すみやかに列を作り、歩き始める。

凪も水谷と二人、号令をかけ、工場へ戻る受刑者たちに同行した。

受刑者たちはもう、口を閉ざし、表情を消した、いつもの彼らに戻っていた。

受刑者たちが工場へ戻ってから、凪は運動場へ戻り、壁際をぐるりと歩いてみた。

あの受刑者が足を止めていた辺りを見回すと、探していたものが見つかる。腰をかがめて拾い上げた。

筒状になった、黄色のプラスチックだ。

どこかで見たような形状だが、一見して、何に使うものかわからない。握りやすく手に馴染む形。握力を鍛える器具の、グリップ部分にも似ている。

（何だろう）

あの受刑者が落としたものだという証拠もない。落としたところを、はっきりと見たわけでもなかった。

報告が必要な事項かどうか、判断がつかない。

とりあえず、制服のポケットにおさめ、持ち場へ戻ることにした。

＋＋＋

がしゃんとガラスが割れるような音が聞こえて振り返った。

阿久津のいる雑居房だ。凪が駆けつけると、洗面台の斜め上に設置されていたはずの鏡が割れて畳に散っている。受刑者の一人が洗顔中に、肘をあててしまったらしかった。

年配の受刑者が、ぺこぺこと頭を下げる。

「担当さん、すみません、弁償します」

「……怪我は」

「ないです、すみません。ありがとうございます」

三十代半ばの痩せた受刑者が、「掃除します」と断って、ちりとりと箒を持ってきた。

確か宮木という名前だったか、ここに収監されて八年になる、長期懲役囚だ。模範囚だった。

営繕夫として所内の設備のメンテナンスを任されているだけあって、ガラス片を片づける手際一つとってみてもてきぱきとしている。

阿久津と、もう一人若い受刑者も手伝いに加わった。

(あ)

工場で阿久津に作業指導を受けていた、あの外国人受刑者だ。阿久津と同じ房になったらしい。

鏡を割ってしまった本人は、恐縮した様子でいる。高齢のため視力があまりよくない彼に、割れた破片を触らせるのは危険だと思ったのだろう、阿久津が「大丈夫だから」というように、彼に手で合図をした。

ここは受刑者たちに任せることにしようと、凪は一歩離れ、掃除を始めた三人を見守る。

掃除が始まってすぐに、廊下を歩く靴音が近づいてきた。

身体を外へ倒して目を向けると、北田がこちらへ歩いてくるのが見える。物音を聞きつけたらしい。

問題はないと説明しようとしたとき、

「おい！」

誰かの鋭い声が聞こえ、弾かれるように振り向いた。

あの外国人受刑者の浅黒い手が、手のひらに収まる大きさの破片を、拾い上げている。

そしてそのまま、尖った（とが）その破片を、上向けた左の手首へと——

「フー！」

阿久津が手を伸ばし、鋭い先端を包みこむように握った。

フーと呼ばれた受刑者は、びくりとして手を放す。

結果、鏡の破片は阿久津の血まみれの手の中に残された。

ぽたりと指の間から滴った（したた）血が落ちる。

靴音が止み（や）、北田がその場に到着したのが、ほぼ同時だった。

表情は動かない。しかしその目が、さっと房内を見回した。そしてその視線は、手のひらを中途半端な形で開いたまま呆然（ぼうぜん）としているフーと、破片を握ったままの阿久津の手で留まる。

北田は、一瞬で状況を把握したようだった。

「すんません、掃除します」

北田の顔をじっと見て、阿久津がはっきりした声で言う。

ほんの一、二秒だったが、北田と阿久津の視線が正面からぶつかった。

「……医務室へ。河合刑務官、掃除を監視して、破片とちりとりの回収をお願いします」

「はい」

宮木が掃除を再開する。

凪はフーの背に手を添えて立たせた。フーがまた、びくりと身体を震わせる。小声で、

「大丈夫」と囁いた。

彼が鏡の破片で何をしようとしたか、凪も阿久津も気づいていた。もしかしたら阿久津は、その理由にも。

フーはうつむいて、阿久津に、「ゴメンナサイ」と言った。

阿久津は、何の話かわからない、というような顔で肩をすくめてみせる。

その片言の謝罪は、北田の耳にも入ったはずだが、北田は何も言わなかった。

フーの自傷未遂の理由を質す機会もないまま、翌日、工場で騒ぎが起こった。

＋＋＋

そのとき凪は工場にはいなかったが、鉄工場担当の菊川に応援要員として呼ばれ、事情を聞かされた。

作業に使用するドライバーが一本、紛失したのだ。

作業開始直後、受刑者の一人が気づいて申し出たのだという。

刑務官たちが総出で探し、紛失したものが見つかるまで、受刑者たちは工場を出て食堂に集められ、そこで待機することになる。

凪も菊川に呼ばれ、待機中の受刑者たちの監督を任された。

受刑者たちがずらりと並んだ食堂の入り口に立ち、監視するだけの役目だ。

最前列の、凪から一番近い席には阿久津が座っていた。

その隣の列、阿久津の斜め後ろに座ったフーが、気遣わしげにちらちらと阿久津の様子を窺っている。

つられるようにそちらを見ると、凪の視線に気づいたのか、文句のつけようもない言葉遣いと姿勢で阿久津が言った。

「ご迷惑をおかけして申し訳ありません。所定の場所から動かした記憶はありません。

作業場の周辺は自分でも調べましたが、見つかりませんでした」

「……何の話」

「あれ、聞いてない？」

とたんに口調が戻る。

「なくなったドライバー、俺が使ってたやつ。ちゃんといつも通りしまっといたはずなんだけど」

鉄工場で現在進行中の大捜索に、自分が関わっていることをあっさりと告げた。

「朝来てみたら所定の位置になかった。……まあこういうこともあるよな」

つまり、阿久津の知らないところで、阿久津の管理下にあったはずのものがなくなったということだ。

凪は、フーが心配そうにしている理由を理解した。

工場内で物が紛失した場合は、管理者が責任を問われることになる。

誰かが持ち去ったり隠したりした場合は、当然その犯人が懲罰を受けるが、誰が隠したのかが判明しなければ、大騒ぎの果てに管理者——この場合は阿久津が、責を負って懲罰を受け、結局犯人が誰かはわからないままになる。

（嫌がらせ）

十中八九間違いないだろう。受刑者たちは皆、このまま紛失物が見つからなければ阿久津が責任をとらされることになると知っている。

刑務官の目の届かないところでの嫌がらせは存在するかもしれないと言った水谷の言葉、それからフーの身体の痣を思い出した。

ケンカや暴力は、見つかれば当然懲罰の対象となる。それでも、刑務官たちの目を盗み、暴力問題は存在しているというのだから、犯人が誰かわからないような嫌がらせは日常茶飯事なのかもしれない。

そうだとしても、渦中の人物は心穏やかでいられるはずもない。

懲罰を受ければ仮釈放が遠ざかる。だから、受刑者の誰もが懲罰を恐れている。

阿久津は危機感を覚えていいはずだったが、その口調や表情に焦りや不安はなく、面倒臭そうですらあった。

フーのほうがよほど気を揉んでいるように見える。

（やっぱり変わってる……）

凪は、受刑者たちでいっぱいの食堂を見回した。

工場を出て舎房へ戻るとき、受刑者たちは身体検査を受ける。昨日の作業後にドライバーを工場外に持ち出し、捨てるなり隠すなりすることはできないはずだった。

ドライバーが盗まれたのがついさっきだとして、今も犯人が隠し持っているという可能性もある。それならば、この後の身体検査で見つかるはずだ。そうなれば自分が懲罰を受けることになると、犯人がわかっていないわけがない。

結局自分が懲罰を受けることになるとしても、ほんのひと時、阿久津に不安な思いをさせられればいいと思っているのだろうか。懲罰を受けてまでそんなことをして、意味があるとは思えない。

とすると、見つからない自信があるのか。

身体検査をすり抜ける方法があるのだとしたら大問題だが、そんな方法があるのなら、嫌がらせなどに使うだろうか？

（持ち出すよりは、工場内に隠すほうが安全……）

発見されても、隠したのが誰かはわからないからだ。

それならば、いずれ刑務官たちがドライバーを見つけるだろう。

（そうでないとしたら）

「……ったくふざけんなよ、バカがちゃんと管理してねえから」

小声だが、吐き捨てるような声が聞こえた。

阿久津の表情は変わらなかった。どうでもいいようだった。

声のしたほうを振り向いたが、誰が発した声かはわからない。

しかしその声には聞き覚えがあった。

（ちいっと色気がねえなァ）

（そんなに男が好きなら）

凪にそう言った、阿久津と揉めた、あの男だ。

顔を思い出そうと、並んだ受刑者たちに視線を走らせて、一人の男に気づき——そして、もう一つ思い出す。

運動場で何かを落としたのはあの男だった。

黄色の筒状のプラスチック。

あの筒はドライバーの持ち手部分だ。

運動場へ出るときは、工場から直行している。運動場でならば、工場から持ち出したものを捨てられる。

ばらばらにすれば、作業衣に隠して運動場へ持ち出すくらいはできるだろう。金属の部分だけならば、鉄工場の金属片に紛れ込ませて隠せる。

制服のポケットに手を入れた。

まだ、そこに黄色のプラスチックは入っている。

菊川に知らせなければと思ったちょうどそのとき、硬い表情の菊川が食堂へ入ってきた。

皆の前で菊川が阿久津へ懲罰を科す前にと、凪は足早に近づいて囁いた。

「部長、少し待ってください」

列の半ばにいる受刑者へと歩み寄る。

その男は、自分の前で立ち止まった凪を、怪訝(けげん)そうな顔で見上げた。

「……落とし物です」

ポケットから出したそれを、男に差し出す。

「運動場で」

男の表情が変わった。

菊川が近づいてくる。

「どういうことだ？」

「彼が運動場でこれを落とすのを見ました。そのときは、これが何かわかりませんでしたが」

簡潔に報告し、男ではなく菊川に、それを手渡した。

ドライバーの持ち手部分であることは、すぐにわかったようだ。菊川の眉間に皺が寄る。

男は目を逸らし、菊川に言われるままに立ち上がった。

凪がそっと見ると、阿久津は少し驚いたような顔をしていた。

+++

包帯を換えるため医務室へ向かう阿久津に、付き添うことになった。

割れた鏡で切った手のひらの傷は、西門医師の適切な処置により、もうふさがりかけているという。

阿久津のドライバーを隠した男は、懲罰後、別の工場へ異動になった。

おかげで平和だと、特に喜んでいる風でもなく阿久津が言った。

「ああいう嫌がらせみたいなことは、よくあるの」

「ん？　そりゃまあ、気の合う奴もいれば合わない奴もいるよ。でも暴力とかはあんまりないな。トラブルは懲罰のもとだから、皆気にしてる」

医務室へ向かう途中、尋ねた凪に、阿久津は他人事のような調子で答える。

阿久津自身は、トラブルを避ける「皆」には含まれていないようだったが、受刑者の大半が、懲罰のもととなる行為を避けているというのは本当だろう。

よほどのことがなければ、自分の仮釈放をふいにしてまで、誰かを殴ったり蹴ったりしようとは思わないのが通常だ。

それでは、フーのあの痣は、事故か、入所前からのものなのか。

西門のいる医務室へ辿りつき、阿久津を待たせて凪がドアをノックする。

室内から、はい、と応える西門の声がした。

「懲役の間ではな」

独り言かと思うような呟きが聞こえ、凪はドアノブを回しかけた手を止める。

振り返ろうとしたとき、内側からドアが開いた。

「どうしたの？　入っていいのに」

突っ立ったままでいた凪に、不思議そうに西門が声をかける。

阿久津は行儀よく、西門に「よろしくお願いします」と頭を下げた。

医務室の外で阿久津の治療が終わるのを待っている間に、北田が来て凪の隣に並んだ。

この後、阿久津には面会の予定が入っている。

面会の立ち会いは、凪の任務の範囲外だ。包帯の交換が終わるまで付き添った後は、北田と交代することになっていた。

「あの」

短くはない沈黙の後、凪が口を開くと、北田はわずかに首を動かして凪を見た。

「懲役が、……怪我をしているかもしれないんですが、自分からは何も言わない場合は、放っておくべきなんでしょうか」

誰かに暴力をふるわれているかもしれない、とは言えなかった。

証拠は何もない。フー本人がそれを訴えたわけでもない。

根拠もなく滅多なことを言うわけにはいかず、趣旨のわかりにくい質問になってしまった。

言葉を探して、言い直す。

「怪我の理由まで追及するのは、刑務官の仕事の範囲を超えていますか」

北田は、またゆっくりと視線を凪から外し、正面の壁のほうを向いた。

自分から申し出ないのなら大した怪我ではないのではないか、と一言で終わらせられ

ても仕方ない。そう思ったのだが、

「原因を究明すべきだと判断したなら、それも刑務官の仕事です」

静かに、しかしはっきりと、北田はそう言った。

凪は伏せていた目をあげて、硬質な空気をまとう先輩刑務官を見る。

当たり前のことを言われたに過ぎないのかもしれないが、背中を押された気がした。

凪が本当に訊きたいことが何なのかも、察しているかのようだった。

「……考えすぎかも、しれません」

思わず話し出していた。

フーの様子がおかしかったことは、おそらく北田も気づいている。鏡の破片で阿久津が手のひらを切ったあの日に、彼も何かを察したはずだった。

衝動的に自殺を図るほどフーを追い詰めた何かが、この刑務所の中にあるのかもしれないと——もしかしたら、北田も感じているのではないか。

「懲役たちは懲罰を恐れて、刑務官にわかるような形のトラブルは避けるものだと……」

勢い込んで言いかけた言葉は、「ありがとうございました」という、ドアごしの阿久津の声に遮られる。

医務室のドアが開き、阿久津が出てきた。室内に向き直って西門に頭を下げ、ドアを閉める。

それから、北田にも頭を下げ、「お世話になります。よろしくお願いします」と彼らしくもなく非の打ちどころのない挨拶をした。

北田は無言で、阿久津の前に立った。

面会の相手は、もう面会室で待っているらしい。このまま面会室へ連れて行くのだろう。

話はここまでだ。

凪は口を閉じた。

面会室は別の階にある。階段へと向かって歩き出し、凪の前を通り過ぎるとき、北田がするりと一言残した。

「ここには、人間は二種類しかいません」

二人を見送りながら、その言葉の意味を凪は考える。

受刑者でないとすれば。

阿久津に会いに来たのは若い女性だったと、彼女を案内した職員が話しているのを聞いた。

十年近く収容されている阿久津に今でも会いに来るのなら、恋人か家族だろう。

「外」に待っている人がいるのなら、何故阿久津は、仮釈放が遠のくことを恐れずにいられるのだろう。

ここを出たくはないのだろうか。

外に何か、怖いものでもあるのだろうかと、ぼんやりと思う。

ここでは——塀の中では誰より自由に見える阿久津は、もしかしたら、外では自由でいられないのだろうか。だから、ここを出て行こうと思わないのだろうか。

ここを逃げ場所として見ているのなら、自分も同じようなものだ。

雑居房のある棟へと向かって歩きながら、凪は思う。

阿久津の面会は、もう終わる頃だろうか。

（……？）

何か聞こえた気がして、凪は足を止めた。

鈍い音と、かすかに、人の声も聞いた気がする。

気のせいかと、立ち止まったままじっと耳を澄ますと、やはり聞こえた。

嫌な予感が、もやのように湧きあがった。

足早に通路を渡り、角を曲がる。

作業場と、雑居房のある棟をつなぐ通路の終わり——厚い扉の手前、ちょうど柱の陰になったところに、人影が見えた。

刑務官の制服が、ちらちらと見え隠れする。

「……水谷刑務官？」

そっと近づくと、横顔が見えた。

制服を着た背中が動き、同時にごす、と鈍い音がして、低いうめき声のようなものが聞こえる。

柱の陰になって見えなかったところに、もう一人立っているのも見えた。作業衣姿だ。

もう一度声をかけようと、凪が口を開きかけたのと、水谷の膝が目の前の男の太ももを蹴りつけたのが同時だった。

背筋を嫌な冷たさが走る。

水谷は凪には気づいていないようだった。

身体をくの字に曲げた男の膝下を、さらに革靴のかかとで蹴る。

床に崩れ落ちるように倒れた男の顔が見え、息が止まりそうになった。

フーだ。

フーは立ち上がろうとしたが、水谷に再び小突かれてバランスを崩し、床に手をつく。

水谷は、間髪入れずにフーの身体を支えていた肘を蹴り、フーは肩から床に打ちつけられた。

「やめなさい！」

自分でも驚くほどの声が出た。水谷が動きを止め、ゆっくりと振り返る。

こちらを向いた顔が、いつも通りの水谷で、悪い夢でも見ているようだった。

「……やめてください。水谷刑務官。何をしているんですか」

声が震える。

しかし水谷は平然としている。

「ああ、お疲れ様、河合さん。彼が具合が悪そうにしていたから、医務室に連れて行こうとしていたところなんだ」

目を逸らすこともなく、ばつの悪そうな顔をするでもなく、凪を見て、仕事の引き継ぎをするような口調で言った。

そして、両膝をついて上体を起こしたフーを見下ろし、

「そうだろ?」

気安い調子で同意を求める。

フーは答えなかった。

顔をあげもしない。水谷だけでなく、凪と目を合わせることさえしようとしなかった。

「河合さんも、見てたならわかるよね。ふらついたのを助け起こそうとしてたんだ。急に膝をつくから、僕もびっくりしたよ」

フーを蹴りつけるのを目撃していなければ、信じてしまっただろう。それほど、水谷の表情も口調も自然だった。

そのことにぞっとする。

「見ていました。そういう風には、見えませんでした」

硬い声で凪が言うと、水谷の眉が寄せられ、唇(くちびる)の片方の端だけが笑みに似た形に持

ち上がる。

そして一言、

「教育だよ」

歪んだ笑顔のような表情で、水谷が言った。

「河合さんも覚えておいたほうがいいよ。こいつら、甘い顔してるとすぐつけあがるから。特に若い刑務官はなめられる。反抗的な懲役のせいで、刑務官のほうがノイローゼになるのも珍しい話じゃないんだ」

反抗されたら相手を殴っていいわけではないし、フーが反抗したわけでもないだろう。

そう思っても言えなかった。そんなことを、水谷がわかっていないはずがないのだ。

わかった上でこんなことをして、平気な顔でこんなことを言う彼に、何を言えばいいのかわからなかった。

黙ったままでいる凪に、水谷はまた、普段通りの、気安い先輩の表情に戻って言う。

「房までついて行ってやってくれる？　僕は独居房の様子を見に行かなきゃいけないから。彼に直接聞いてみればいいよ、何もなかったって言うだろうから」

うずくまっているフーを残して、凪に背を向けた。

「彼は短期受刑囚だし、ここから出たってどうせすぐ強制送還……」

言いかけたときだった。

凪の顔のすぐ横から腕が伸ばされ、歩き出そうとしていた水谷の肩をつかんで振り向かせる。

肩をつかんだ手の持ち主を水谷が確認する間もなく、その左頬に拳が叩き込まれた。

水谷は殴られた勢いのまま、よろめいて尻餅をつく。

殴った張本人は、拳を握っていた右手を開くと、ぷらぷらと振って腕を下ろした。

呆然としている凪に、そのとき初めて気づいたような顔をして、

「よ」

短く挨拶をよこす。

「……阿久津」

水谷も、フーも、何が起こったのかわからないという顔をしている。

頬を押さえた水谷が口を開きかけたが、

「河合刑務官、彼を医務室へ。房には戻さず、そのまま待機していてください」

阿久津の後ろにいたらしい北田が進み出るのを見て、口をつぐんだ。

北田は、面会を終えた阿久津を雑居房へ連れて行くところだったのだろう。それならば、阿久津が見たものは北田も見ている。言い逃れはできなかった。

「水谷刑務官、この件は上に報告します。持ち場に戻って指示を待ちなさい」

凪はフーのそばへ行って膝をつき、大きな怪我がないことを確認する。

水谷は黙ってうつむいた。

阿久津はすでに水谷には興味を失ったかのような、どこか面倒臭そうな顔で立ってい

る。

北田が、頭痛をこらえるように右手の指をこめかみにあて、

「……二二六番。来なさい」

ため息交じりに阿久津を呼んだ。

「やりすぎだ」

＋＋＋

「フーはさ、あのときも別に、死のうとしたわけじゃないからな。俺もとっさに強くつかんじゃって、ああいうことになったけど」

懲罰房の格子ごしに、阿久津がそんな話をし始めたのは、凪がよほど思いつめているように見えたからだろう。

凪は、監視役の刑務官用のスペースに立ってそれを聞いた。

「大怪我をすれば、入院できると思ったんだってさ。代わりに俺が流血沙汰になって、あいつびびってた」

阿久津は、家具がまったくない懲罰房の、白い壁を眺めている。

片胡坐をかき、もう片方の脚を床に投げ出して座ったただらしない格好は、懲罰中の受刑者には見えなかった。

言うだけ言って阿久津はしばらく黙っていたが、ふいに、それまで目の前の壁を向いていた目を凪のほうへ向ける。

「今日、俺を見張るのってあんた？」

懲罰房には、刑務官が一人見張りにつくことになっている。

凪は首を横に振った。

「北田さん」

「あいつか。……雑居房の深夜の見回り担当は？」

「私だけど」

「そっか。よかった。……頼みがあんだけど」

刑務官への暴行によって懲罰中の受刑者が、刑務官に対して頼みごと。通常では考えられない神経だが、今さら驚くまでもない。

言葉遣いを注意するのも諦めて、続きを促す。

「何」

「俺と同じ房にさ、夜中に騒いでた奴いただろ。覚えてないか？　あんたが何度目かの見回りに来た夜にさ」

覚えていた。

何度も、俺じゃない、やっていないと叫んでいた。

それが、阿久津が耳元で何か囁くと、すっと静かになった。手品のようだと思ったのを覚えている。

あれきり騒ぐところは見ていないが、どうやら彼が夜中に起きて叫び出すのはよくあることらしい。前からいる刑務官は皆知っていた。

騒ぎ出したときは、阿久津がなだめているのだろう。だから特別問題視されず、房を移されることもないままでいる。

「あいつさ、笹部って言うんだけど」

凪が頷くと、阿久津はまた、視線を壁へと戻して続ける。

「あいつがまた、夜中に自分は無実だって叫び出したらさ、信じるって、言ってやって。


凪は医務室に寄って、西門から打ち身用の湿布薬をもらった。

西門に指示されたわけでもないのに凪がそれを彼に届けることは、刑務官の仕事の範囲外だということはわかっている。本来なら、フーが自費で購入しなければ入手できないはずのものであること、凪が便宜を図ったと人に知られれば、公平の観点から問題視される恐れすらあることも。

一時的に独居房に入っているフーのもとを訪ね、

「ごめんなさい」

そう言って手渡した。

本当は、もっと、色々と説明すべきこと、言うべきことがあると思った。もしくは、何も言うべきではなく、こんなこともすべきではないのかもしれなかった。

しかし、凪にはこんなことしかできなかったし、こんなことでも、しないわけにはいかなかった。

フーは、戸惑いながら受け取り、

「……アリガトウ」

ぎこちなくだが、笑ってくれた。


阿久津とフーは、事件の翌日にはもとの雑居房へ戻された。

結局、阿久津が懲罰房で過ごすこととなったあの晩、笹部が騒ぎ出すことはなく、凪が阿久津の代わりに彼をなだめる必要は生じなかった。

水谷は謹慎(きんしん)を命じられ、一度も出勤しないまま、自分から退職した。

凪は一人、待機室でおにぎりをかじりながら、この刑務所で出会った人たちのことを考えた。

ここへ来て一ヵ月、単調な作業の繰り返しだと思っていたけれど、思えばたった一ヵ月で、色々なことがあった。そのほとんどすべてに、阿久津が関係していることに気づいて、彼が次々と工場を移らされてきたことに少し納得がいく。

ここにいる人間が自由であるわけがないのに、まるで自由なように見えると思っていた。

水谷を殴った阿久津を見て、その思いは強まった。

殴りたいと思っても、殴れない人間がほとんどだろう。それは、塀の外でも内でも同じことだが、内側にいればなおさらだった。

それでも、彼が本当に自由であるわけがない。

ただ、阿久津がこの塀の中で、まるで自由であるかのように振舞える人間であることは確かだった。

(自分もそう在りたいとは、思わないけど)

笑うのが苦手だった。

笑顔を要求されない仕事をしようと思い、凪はここで働くことを決めた。

勿論、それだけが理由ではないが、それも大きな理由の一つだった。

特別、刑務官という仕事に思い入れがあったわけではない。

凪の過去を知る人間たちの中には、色々と詮索する者もいたけれど、西門の勤務先だったことや、新しい寮に空きがあって条件がよかったこと、複数の事情が重なって、ここで働くのが一番良いと思っただけのことだ。

ここでは誰も、凪に愛想がないことを咎めなかった。受刑者たちに対してにこやかな刑務官のほうが珍しい。

居心地のいい職場かといえば疑問の余地があるが、そういう意味では楽だった。

外で生きられないわけではない。ただ、ここにいたほうが楽だ。そう思っていた。

思っていたけれど。

「慣れましたか」

声をかけられて顔をあげる。

いつのまに戻ってきたのか、ちょうど待機時間に入ったらしい北田が、紙コップを両手に持って立っていた。

立ち上がって挨拶をしようとした凪を、手をあげて押しとどめ、斜め向かいのソファに座る。

「普通でしょう」

差し出された紙コップからは、安いコーヒーの香りがする。

礼を言って受け取った凪から目線を外し、北田は自分もコーヒーに口をつけた。

「内も外も、大して変わりません。人間がいるだけです」

声からも表情からも、北田の感情は読み取りにくい。

少し自分と似ているかもしれない。それとも、この場所に集まる人間は、皆そうなのだろうか。

いずれにしろ、北田のその言葉は、凪がこの一ヵ月で実感したことだった。

「そうですね」

短い同意を返し、紙コップを両手のひらでつつむ。

安っぽい香りの湯気を吸い込んで吐き出すと、視界が白く染まった。

第二話　罪人——阿久津真哉

その若い刑務官が配属されてきたのは、阿久津が収容されてちょうど九年たった頃だった。

「どんな気持ちでしたか」

真新しい制服を着て背筋を伸ばして、曇りのないレンズごしに阿久津を見つめながら、彼が口を開いた、一言目がそれだった。

唐突な質問の意味を測りかね、阿久津が相手を見返すと、彼は「殺したときです」と言葉を付け足す。

「雑誌やテレビで流れていること、どこまでが本当か知りませんが、殺したことは間違いないんでしょう。どんな気持ちがしましたか」

ケンカを売られているのかと思った。

しかしその目にも声にも挑発するような色はなく、ただ単純に、答えを求めて尋ねているだけのように見えた。一時マスコミを騒がせた事件の犯人を、からかったり蔑(さげす)んだりしようとする意図も感じられない。そのせいか、腹は立たなかった。

阿久津のほうに、その疑問に答えてやる義理はなかったが。

「……誰あんた」

逆に質問を投げてやると、北田です、と、その刑務官は無表情に名乗った。

北田は、他の刑務官たちとは少し違っていた。

淡々と業務をこなす彼は、すぐに刑務官仲間に受け入れられ、ベテランからは重宝がられ、新人からは頼られる存在になった。受刑者たちも、近寄り難く、厳しいが、理不尽なことはしない刑務官だと、北田を評価していた。北田はこの場所に溶け込んでいた。

それでも、どこかが違うと感じていた。

それから半年ほどして、また、新しい刑務官が配属された。

その日の朝、阿久津はボイラー担当の代理業務をすることになっていて、起こしに来たのが彼女、河合凪だった。

検身場へ続く廊下を歩きながら、少しだけ話をし、北田に似ているな、という印象を持つ。

感情を読み取りにくいところ、平坦な話し方、それから、自分に対する態度。

刑務官に名前を訊いて答えが返ってきたのは、北田が初めて、彼女が二人目だった。

(びっくりした)

他の受刑者たちを起こさないよう、ひっそりと自分を呼んだ声。

そのとき阿久津は夢を見ていて、少女に名前を呼ばれたところだった。

現実と夢とがほんの一瞬交じり合って、目が覚めた瞬間、それを理解できなかった。

しかし、それも本当に一瞬のことだ。

自分を呼んだのは、業務を遂行しようとする女性刑務官であり、夢の中の彼女であるわけがなかった。

(だってあの声は俺を)

その声は阿久津を、一二六番と呼んだのだ。

+++

何ヵ月かに一度、面会に来る記者がいる。

女性の雑誌記者で、阿久津が逮捕された直後から、事件を追いかけて記事を書いているのだという。

事件発生から十年近くたった今でも、阿久津に取材を申し込むことをやめないのだから、そのプロ根性には頭が下がる。自分なんかを取材して、何になるのかと思うが、趣味のようなものなのかもしれない。

前に理由を尋ねたら、阿久津の出所後に本を出したいのだと言われた。冗談だろうと言うと笑っていた。冗談であることを祈っている。

「よく飽きないね、あんたも」

初めて会ったときは新人だった女性記者は、今やベテランの貫禄でレザーのジャケットを着こなしていた。

　面会室のアクリル板ごしに言うと、彼女はローズベージュの唇で笑う。初めて面会に来たときは化粧もしていなかったのに、とぼんやり思い、どうでもいいことを覚えているものだとおかしくなった。

「貴方（あなた）こそ、面会を申し込めば、こうして会ってくれるじゃない」

「面会断ると評価が下がるんだって」

「本当に？　でも、そんなこと、貴方でも気にするんだ。意外」

　記者は、ちらりと阿久津の右手に目をやった。包帯は目立つ。入室したときから、見られているのは気づいていた。

「その手は？　怪我したの」

「ああ。割れたガラス掃除してて、切った」

　大したことはないと、軽く持ち上げてみせた後で椅子（いす）の横に右手を下ろす。

　カウンターに左肘をのせると、記者のほうへ少し身体を乗り出すような体勢になった。

「ここの常駐医が女医さんで、結構美人なの。今日もこの後包帯巻き直してもらいに行くんだけどさ。ちょっと楽しみにしてんだ」

「なんで割れたの？　ガラス」

「さあ、誰かがよろけて肘ぶつけたとか、そんなんだったと思うけど」

「ケンカじゃなくて？」

「なくて。毎日早寝早起きして真面目に働いて、ケンカなんかする気力もないって」

立ち会いの北田は、まったく表情を変えずに聞いている。

記者は時々メモをとっていたが、自分の話の一体どこに記録すべき情報があるのか、阿久津にはまったくわからなかった。

「もうそろそろいい？　俺、同房の奴らと話の途中だったのよ」

「あと少しいいでしょ？　せっかく来たんだもの」

阿久津のやる気のない態度にも、記者はひるまない。

何年も通って、慣れたのだろう。

手に持ったペンをくるりと回し、芝居がかった仕草で首を傾ける。

「女性の面会は喜ばれるって聞いたんだけど、いつまで経っても歓迎してもらえないなあ」

「や、嬉(うれ)しいよ？　でもまぁ、人によるんじゃねえの。面会だけを楽しみに生きてるって奴もいるし」

「面会だけが楽しみ、ね」

カウンターの上で頬杖(ほおづえ)をついた彼女の、空いたほうの手がまたペンを回す。

視線は阿久津から少しずらされ、無言で立ち会っている北田に一瞬向けられたようだった。

「娯楽もろくになく、大部屋にぎゅうぎゅう布団並べて、早寝早起き、私語禁止、移動時間まで隊列組んで足並みそろえて行進するんでしょ？　ストレスたまらないの」

ストレスも何も、と、阿久津はおかしくなる。

これは罰なのだ。罪を犯して、償いのためにここにいる。耐える耐えないという話ではなかった。

しかし表情には出さず、

「俺はそのへんあんまり繊細じゃないからな、どこでも寝られるし」

あくびを一つして、にや、と笑ってみせる。

「慣れれば悪くねーよ？　ここも」

記者は呆れたような、物言いたげな顔になった。

阿久津が眉をあげてみせると、ため息をついて、片肘をついていた身体を起こす。

ぱらぱらと手帳をめくり、何か考えるような、タイミングを計るような沈黙の後で目をあげ、

「反省とか後悔とか、してる？」

試すような視線。

表情の変化まで、観察されているのを感じる。

「何を？」

問い返すだけの応えに、阿久津から目を逸らし、頬にかかっていた髪を耳にかけた。

阿久津のほうは、目を逸らさない。

記者は観念したかのように、もう一度短いため息をついた。

手帳をカウンターの上に置き、脚を組み直す。

「……もうちょっと詳しく聞かせて。ここでの生活はどう？　毎日、どんなこと考えてるの」

「別に」

阿久津は顔を斜めに仰向け、左の首の筋を伸ばした。

アクリル板を下からなぞるように目で追い、天井からたどって横の壁へ目線を下ろす。

「何も」


雑居房に戻ると、阿久津の前に面会に呼ばれていた寺元が、同房の仲間たちに今日の面会のことを話していた。

一ヵ月に一度の彼女との面会を、寺元は何よりも楽しみにしている。

彼が入所した直後からずっと、月に一度の面会は続いていた。

「今日もすげえきれいだったよ、紺色の和服姿でさ、超似合ってた」

髪は真っ黒でつやつやで、口元のほくろが色っぽくて、と彼女への賛辞は尽きる気配すらない。

それだけが楽しみとまではいかなくても、彼女との面会が彼の支えとなっていることは間違いなかった。

　寺元が彼女と会うようになって最初の数ヵ月は、面会に来る家族もいない受刑者が、自慢話を不快だと言いケンカになりかけたこともあったが、そのとき寺元に食って掛かった受刑者も、出所して今はもういない。最初のうちはうらやましがったり冷やかしたりしていた他の同房者たちも、今ではすっかり慣れて聞き流すようになっていた。

「一二六番阿久津真哉、出なさい」

　凪が扉の前へ来て呼ぶ声がする。医務室へ、手の包帯を換えに行くことになっていた。

　阿久津は畳に手をついて立ち上がる。

「最初は手紙が来たんだよ。俺の裁判を傍聴したって、俺の更生を願ってくれてるって。それで、返事書いてさ。そしたら面会に来てくれることになってさ……」

　寺元は、入ったばかりの新入りを捕まえて、二年前に阿久津も聞かされた、彼女とのなれそめを話し始めた。今月新入独房から移ってきたばかりの若い懲役――確か山本と言ったか――は、両手を膝の上に置いて、ふんふんと熱心に聞いている。

　横目に見ながら房を出た。

廊下を歩きながら、

「寺元の面会人、どんな感じだった？」

あんた見たんだろ、と言うと、凪は無表情に四秒ほど黙ってから、

「ちゃんと見ていない。濃紺の和服で、髪をアップにした女性だったけど」

「気をつけたほうがいいかもな」

何が、と言いたげな凪に、「寺元」と短く返す。

「はしゃぎすぎだ。家族がいない奴とか、いても会いに来てもらえない奴は、いい気持ちしないだろ。まぁ、今はうちの房は割とおとなしい奴らばっかだから、ケンカにはならないと思うけど」

本当は、心配しているのはそこだけではなかったが、とりあえずそれだけ言って言葉を切った。

舎房のある棟を出て、壁のない少しの距離を歩いて、隣の棟へ。

運動場が見えた。通り過ぎ、すぐに灰色の壁に囲まれた建物に入る。

「阿久津には、家族は？」

歩きながら、凪が訊いた。

「妹が一人」

「さっき会いに来てた人？」

見当違いの一言に、思わずむせる。

「違う違う。あれは記者」

「記者？」

凪は、何故阿久津に記者が面会に来るのかがわからないらしい。

そうか、と気づいた。

（まだ二十かそこらだもんなこいつ）

十年前の事件など、知らなくても不思議はない。

そのうち他の刑務官から嫌でも聞かされるだろうが、少なくとも今、凪は、あの事件のことを知らないのだ。

もうそんなに昔のことなんだなあと、柄にもなくぼんやりと思った。

「妹さんは、」

面会に来ないのかと訊こうとしたのか、どうしているのかと訊こうとしたのか。凪は何か言いかけたが、迷うように目が泳ぎ、結局そこで止まってしまう。

気を遣われているのを感じた。かすかな苛立ち、ため息をつきたいような気持ちと、微笑ましいような気持ちが同時にある。

医務室のドアが見えた。

凪が部屋の前で足を止め、ノックするために右手をあげたタイミングで言ってやる。

「もういない」

凪が自分を見たのを気配で感じたが、阿久津はまっすぐに前を向き、規律通りに背筋を伸ばしてドアが開けられるのを待った。

＋＋＋

受刑者の治療中、医務室に刑務官が入ることを西門が嫌がるので、付き添ってきた刑務官は治療が終わるまで別の仕事をして待つか、ドアの外で待機することになる。

薄らと消毒液の匂いのする医務室は、小学校の頃の保健室を思い出させた。

「なあ、河合刑務官ていくつ」

背もたれのない丸椅子に座り、西門の手当てを受けながら尋ねる。

「女性の年齢を知りたがるなんて、感心しないな」

ピンセットで消毒液をひたした脱脂綿をつまみ、傷口をぽんぽんと叩くように拭きながら、西門はそれこそ小学生を諭すような口調で応える。

「いや、相当若いよなって。あんな子がこんな場所で働くなんて、親に反対されなかったのかと思って」

「こんな場所とは何よ。ここで働いてる若い女性なら、ここにもう一人いるんですけど？」

「センセーは、経験積んでから、どっかの病院から移ってきたわけだろ。けどあいつはどう見たって新卒だろ。まさか高卒じゃないよな？　卒業して、さあ働こうってなって、刑務官って発想がわかんねえ。そういうイメージじゃないだろ」

かっちりとした制服を着ていてもわかる、華奢な肩を思い浮かべた。

体格も性格も、およそ刑務官という職業と結びつかない。刑務官を志した理由の、きっかけすら想像がつかない。

「やっぱ親が刑務官だったとか？」

「全然関係ない仕事よ。親戚にも、刑務官や警察関係者はいないはず」

「あれ、詳しいね」

「まあね」

汚れた脱脂綿を金属のトレイに捨て、ピンセットを置いてから、新しい包帯を巻き始める。

「四年前から、つい最近まで一緒に住んでたのよ」

くるくると包帯を往復させながら、何でもないことのように西門が言った。

「あの子、他に身寄りがないから」

阿久津は思わず西門を見たが、西門は丁寧に包帯を巻く手を止めない。

「四人家族だったけど、今はもう、反対する親はいないの。あの子、被害者遺族よ。それで選んだ職業が刑務官っていうのは、私もちょっと意外だったけど」

「……いいのかよ、何かサラッとすげえプライベートな情報リークされた気がすんだけど今」

「あんたが訊いたんでしょ」

固定のために手首まで巻いたところで包帯を切り、たるまないようにきちんと留める。ぽんと腕を叩いて言った。

「はいおしまい。包帯とれるまで、あと二週間ってとこね。報知器押して。もう行ってよし」

これ以上の話はしないということだ。

阿久津は追加の情報を諦めて立ち上がった。


雑居房へ戻ると、寺元はまだ浮かれていた。

山本のことは解放したようだが、今度は同時期に入所した受刑者たちに惚気話を聞かせている。

「そんな美人がねえ」

「おまえそれ騙されてんじゃねえの？　知らねえぞー後で泣いても」

「騙し取られる金もねえよ。ひがむなひがむな」

刑務所で知り合った人間に実家の住所を教えたら、教えた相手が詐欺師で、家族が詐欺被害にあったという話を聞いたことがある。

しかし寺元には家族がいなかったはずだ。家族も財産もない受刑者を騙しても得るものはない。

他に何も持っていないからこそ、寺元は、彼女を人生の支えのように思っているのかもしれなかった。

(けど、何か……)

阿久津は頭をかきながら、房の隅に座る。

なんとなく、嫌な感じがした。

+++

寺元が、面会に来る彼女にプロポーズすると言い出したのは、それからさらに二度の面会を経た後のことだった。

家族がいない寺元には、出所しても住む場所がなく、仮釈放は望めなかったが、刑期が終わり外に出られる日を心待ちにし、毎日指折り数えている。プロポーズすると決めてから、表情はこれまで以上に明るくなり、作業にも身が入っているようだった。

「生活にハリが出るっていうか、目標があるから頑張れるっていうか」

聞き上手(じょうず)の山本は毎日惚気を聞かされていたし、阿久津も何度かつかまって、キラキラした目で未来について語られた。その度(たび)、そりゃよかったなと言ってやるくらいしかできない。

落ち着けだの、頭を冷やせだの、言っても無駄だとわかっていたし、水を差すようなことを言って寺元との関係がぎくしゃくするのも面倒臭かった。

「彼女から来てくれるのを待つしかできなくて、自分から会いに行けないのが辛いとこだけどさ」

外に出たって、会いに行けるわけじゃないのに、と思う。

手紙の送付先になっている住所に、彼女が実際に住んでいるかどうかなんてわからない。住んでいても、会ってくれるかどうかもわからない。最初は会ってくれても、いつまでもそれが続くかどうかわからない。

毎日一緒にいれば、きっとこれまで見えなかったものが見えてしまうのに。

待っていれば来てくれる、今のほうがいい。

(ここにいれば、安全なのに)

そうすれば、絶望することも、されることもないのに。

「外には彼女が待ってるって思うと、わくわくするんだ」

「外へ出たら結婚するんだ。もうすぐ出所だって伝えたら、彼女も喜んでくれてさ」

へえ、そうか、よかったな、とそればかり繰り返しながら、理解できない、と思う。

外の世界は、見たことのない桃源郷なんかじゃない。

今は塀の中にいても、もともとは皆外から来たのだから、外がどんな場所かはわかっているはずなのに——たった数年塀の中で過ごしたからといって、外の世界に夢を抱くことが理解できない。

ここへ来たときになくした、外にいたときに持っていたものを懐かしむのはわかる。しかし、自分を想ってくれる女や、明るい未来、幸せな暮らし、そんなものは、外にいたときも彼らが持っていなかったものだ。

外にいたときですら持っていなかったものが、塀の中にいる自分の手に入るなんて、どうして信じられるのだろう。

「よかったですね、寺元さん」

出所日が決まってさらに浮かれる寺元を房の隅から眺めていた阿久津に、山本が無邪(むじゃ)気(き)に声をかける。

「あー、まあな、……どうかな」

山本は、畳の上で両脚を折り畳み、崩した正座のような姿勢で、両膝に手を置いている。

やたら行儀がいい。育ちがいいのかもしれない。

阿久津より身長が高く、筋肉がついてがっしりとした身体をしているのに、どうにも、草食動物のような気配がある。

曖昧(あいまい)に言って苦笑する阿久津に、大きな図体(ずうたい)で首をかしげた。

「え、どうしてですか？」

「寺元の計画通りにいくならいいけどな。相手のあることだしな」

わからない、といった顔の山本に笑いながら続ける。

「ここにいるうちは、月に一度会いに来てもらえるし、寺元自身に仕事もあるし、安定してるけど、外へ出ればそうはいかないからな。会いに行ったって、彼女にも都合があるだろ。ここみたいに、朝から晩まで決められたスケジュール通りに物事が進むわけじゃないし」

そう上手くはいかないんじゃないか。

ここにいたほうが幸せかもしれないと思うけどなと、思わず本音が漏れた。

入所したばかりの山本に、夢を見るなと言っているようなものだ。気分を害したかと、言ってからちらりと表情を探る。

山本は、真面目な顔で聞いていた。子どものような目だ。

「阿久津さんは、外へ出たくないんですか？」

阿久津は顔ごと山本のほうへ向ける。山本は目を逸らさなかった。

「おまえ、外で待ってる奴いんの？」

「いえ。家族はいません」

「でも、出たい？」

はい、と、迷いなく頷く。

そこで初めて、山本は目を伏せた。

「謝りに行かないと」

膝の上に置いた拳に力が入ったのが、指の動きでわかった。

「そっか」

阿久津は壁にもたれ、天井を見上げる。

空が見たいなとふと思った。

窓を開けて空を見る、それだけのことがここではできない。

しかし不自由はその程度だった。

(慣れれば悪くない)

別に、ここが好きなわけじゃない。ただ、出たいと思わないだけだ。

阿久津は、外の世界に何もないことを知っている。

それだけのことだった。

+++

寺元が首を吊った。

出所の二日前のことだった。

寺元は出所の準備のため、雑居房を出て、敷地内にある一戸建ての釈放前教育寮で暮らしていたから、刑務官の見回りはなかった。

同じく出所予定で、寮で寝泊まりしていた受刑者が発見した。

阿久津たちはそれを、耳の早い同房者の一人から聞かされて知った。

出所を目前にして、何が寺元を絶望させたのかはわからない。

ただ、首を吊る前、寺元は彼女と面会していたらしい。

まだ息があり、病院へ運ばれて行ったとは聞いたが、助かったかどうかは、阿久津たちには知らされなかった。

一人分の空間が空いてほんの少し広くなった房で、阿久津はぼんやりと、意気揚々と釈放前教育寮へと出て行った寺元を思い出す。

「……ほらな」

塀の外に素晴らしいものが待っているなんて幻想だ。

そこにあるのは、現実だけだ。

+++

こういうことはあるんだよ、と、阿久津の知る限り一番長く服役している別の房の無期懲役囚が、運動場で教えてくれた。

「騙される家族もとられる金もないから、安心しちまうんだな。前にもあったよ、ここの刑務所じゃないけどね、似たようなことがね。他にすがるもんがないから、月に一度訪ねてくれる女に夢中になっちまって」

ハンドボールを楽しんでいる受刑者たちを、塀にもたれて眺めながら、阿久津の父親くらいの年齢の彼は昔を懐かしむような目をする。

「もうそれだけしか見えなくなるんだな。女のほうも自分と同じ気持ちでいてくれてると、疑わなくなって。女のほうは、かわいそうな寂しい懲役に、夢と希望を与えて元気づけてあげましょうって、ただそれだけの気持ちでいるのにだ」

更生を願っています、応援しています。

そして更生して、刑期を終えて、社会復帰できるようになったら、よかったですね、はいさようなら。

それはそうだ、彼女は役目を終えたのだから。

懲役囚でなくなった男に、優しい女の励ましはもう必要ない。

「女のほうも、騙すつもりじゃなく、悪気がないってのがまたどうしようもない。俺に言わせりゃ、怪しいもんだがね」

「……それ、寺元には」

「それとなくね、注意したことはあったがそれきりだ。あんまりしつこく言ったって、怒らせるだけだからね」

思い出を懐かしむ表情に、悼むような色が滲む。

「前にいた刑務所では、必死に説得しようとして、そのせいでケンカになった。忠告を聞かないそいつに、勝手にしろ、後で泣けって吐き捨てたのを覚えてるよ。けど実際に……うん、そうなるとね、嫌なもんだったな。自殺まではしなかったが、ひどい落ち込みようで、もう何も信じられなくなってね」

寺元にその話を伝えなかった彼を、責めることはできなかった。

話を聞いても、信じなかっただろう。きっと誰にも、どうしようもなかった。

「男はそれにすがって、のめりこんで、幻想だと気づいたときにはもうどうしようもなくなってるのに、女のほうは、ボランティアか何かのつもりなんだよ。残酷なもんだ」

運動の時間はもうすぐ終わる。

阿久津は、頭上に広がる晴れた空を見上げた。

今日は寺元の出所予定日だった。

＋＋＋

医務室へ行くと、今日から包帯はいらないと言われた。

医務室通いも今日で最後だ。

傷はふさがり、薄くピンク色の皮膚が張っている。

これからバリバリ働きなさいよと、西門にばしんと背中を叩かれた。

今日は包帯をとって確認をするだけだったので、報知器で呼ぶまでもなく、凪は医務室の外で待っていてくれた。

「助かったの？　寺元」

歩き出してすぐ、ずっと聞きたかったことを尋ねる。

「皆心配してるからさ。山本なんかぼろぼろ泣いてたぜ」

凪は迷うように目を泳がせたが、頷いた。

「生きてる」

「そっか」

命があったからといって、助かった、とは言えないのかもしれない。

しかし、命がなければすべてがない。

「山本に教えてあげて」

「伝えとく」

刑務官が前から歩いてくるのが見えたので、阿久津も凪も口を閉じた。

現場の人間はあまり気にしないが、刑務官も受刑者も、私語は禁止されている。

「今日何か騒がしいな」

医務室へ行く途中の道でも、早足の刑務官と何度もすれ違った。

それで、今まで寺元のことを訊けずにいたのだ。

「色々重なったから」

「寺元のことの他にも何かあったのか？」

凪は、どこまで話していいのか考えているようだった。

少しの間黙った後で、

「……新しく入った懲役に、ちょっと問題があって」

「ああ。赤崎桐也(あかざきとうや)？」

知っているなら訊くなというような目線を向けられ、阿久津は苦笑した。

「テレビもラジオもあんだから、情報くらい入ってくるって。それに何かちょっと名前似てねえ？　アクツシンヤとアカザキトウヤ」

「………」

「……いや、ま、アとヤしかあってないけど」

軽い冗談だったのに、冷めた目で見られてしまった。

阿久津は頭をかいて目線を逸らした。気まずい。

「どこの房に入んの。知ってる？　もしかしてうちの房？」

寺元が抜けて空間に余裕ができたばかりだ。可能性は高い気がする。

しかし、凪は首を横に振った。

「独房に入ることになりそう。今のところは」

「あー……そうか、そりゃそうだな」

同房の人間とうまくやっていけない、問題のある受刑者は、独居房に入れられるのが通常だ。

大手企業の取締役を刺殺したとして逮捕された赤崎には、暴行、傷害、強盗、強盗傷害と、とんでもない数の余罪があった。少年時代から粗暴な性格で、非行歴もあった赤崎を、何故これまで放っておいたのか、殺人事件に発展する前になんとか止めることはできなかったのかと、報道番組でも取り沙汰されていた。

「新入教育の途中で暴れたって？」

入所時に髪を刈ろうとした時点で暴れ、さらに新入教育の最中にも暴れ、同時期に入った受刑者二名を殴り倒し、止めに入った刑務官にも怪我をさせたと聞いている。入所してしばらくすれば落ち着くかもしれないが、少なくとも、今の状態で雑居房に入れるのは確かに無理がある。

医務室で西門が、これから仕事が増えそうだとぼやいていた。

「赤崎本人の扱いも大変だけど……大きな事件だったから、入所の日からずっと、マスコミがうるさくて」

「そのうち静まるって。最初だけだ」

凪が、どうしてわかるのかというようにこちらを見るので、

「俺のときも多かったからな。ワイドショーとかで騒がれたから」

ついでのように言った。

凪が自分の事件のことを気にしながらも、訊けずにいるのを知っていた。

当時はさんざん報道されたことだ。今さら隠す気もない。

「何をしたの？」

「ヒトゴロシ」

前を向いたまま答えて、凪の視線を横顔に感じた。

「なぁ、なんでこんなとこに来たの」

凪のほうを向いて、今度は阿久津が訊いてやる。

「あんたそうやって、平気な顔で俺と歩いてるけどさ。ヒトゴロシよ俺」

凪が足を止めたので、阿久津も立ち止まった。

先に行った阿久津のほうが、振り向いて凪を待つ形になる。

凪はまっすぐに阿久津を見て、

「怖くない」

と言った。

「人を殺すのも人で、別に、怪物とかじゃない。別の生き物じゃない」

強い口調ではない、強い目でもない。ただそこに在るだけの自然さで、けれどはっきりと伝えようという意思をもった声で。

「殺さない人とは違う事情が、あっただけだから」

――そうだろうか。

多くの受刑者たちが、救いと感じるだろう彼女の言葉を、阿久津は素直に信じられなかった。

そう思って自分たちに接してくれる刑務官がいること自体は、素晴らしく喜ばしいことなのだろうが、それでも。

この世には、救われてはならない人間がいる。

阿久津はそう思っている。

「……家族を犯罪で亡くしたって聞いたけど」

このタイミングで投げるには、意地の悪い質問かもしれないと思いながら言った。

凪は表情を変えない。

「憎くねえの？　俺らのこと」

凪はすぐには答えずに歩き出した。

目で促され、阿久津も歩き出す。

反対方向から来た刑務官が、せわしなく走って通り過ぎて行った。それを見送ってから、

「父を刺したのは、姉なの」

凪は静かに口を開いた。

「私は五歳で、姉は十四歳だった。私の目の前で、姉が父を刺したの。助からなかった」

阿久津は歩きながら凪を見たが、凪は阿久津を見なかった。

「犯罪を犯した人すべてを、憎いとは思わない。加害者も被害者も、どちらも人間で、そこに他とは違った関係があるだけだと思うから」

少しの間、二人とも何も言わないまま歩く。

出口のすぐ近くまで来たとき、それほど遠くないところで怒鳴り声が聞こえ、凪と阿久津は同時に顔をあげた。

怒鳴り声自体は足を止めるほど珍しいものでもないが、どうも様子がおかしい。

(ケンカか?)

外の通路へと続く鉄製の扉を開けると、騒ぐ声は急に近くなる。

ひとかたまりになった刑務官と、四人がかりで押さえつけられている男が見えた。

とうもろこしのひげのような色の髪の、根元だけが黒い。

テレビのニュースで観た顔だった。

(赤崎桐也)

他の受刑者たちと同じ作業衣を着ていても、一目でわかる異質さは、長いままの髪のせいだけではない。

四人の刑務官に引きずられるようにしてこちらに近づいてくるその目は、ぎらぎらして獣のようだった。

蹴りつけられてよろけた刑務官が、身体をひねり、かろうじて第二撃を避ける。

刑務官たちは、両腕を後ろ手に拘束された赤崎の身体を背後から押すように進む方法に変えた。

そのおかげで、阿久津たちからは赤崎の全身が見えるようになった。

作業衣は砂埃にまみれ、襟と胸元には血が飛んだ跡がある。鼻から下が赤く汚れているのが異様だった。

　両腕を後ろで押さえられ、後ろから押され、さらに両側から引き立てられても、まだ暴れている。

「拘束衣が要るんじゃないか」

と、刑務官の一人が言うのが聞こえた。

懲罰のため、保護房へ連れて行くのだろう。

凪は素早く動いて、舎房へと続く扉を大きく開けた。

刑務官が凪を見て、「助かる」というように少し頷く。

「歩行訓練の最中にケンカになったんだ」

「血が」

「咬みついたんだ。相手は血まみれだよ」

見ると、運動場のほうで、作業衣を着た誰かが座り込んでいる。

担架を持った刑務官が到着し、負傷した受刑者に駆け寄るのが見えた。

阿久津も凪も、だんご状態になった赤崎と刑務官たちのために道を空けた。

赤崎は赤く染まった顔で笑っている。

通り過ぎてもまだ、笑っていた。

阿久津の雑居房に着き、鍵を開けている凪を待つ。

保護房へ入ることを拒否しているのか、まだ暴れているらしい赤崎の声が遠くで聞こえていた。

「犯罪者は怪物じゃないって、本気で思ってるのか？　さっきのアレを見てもさ」

房の中の皆に聞こえないように、小さく呟くように言った。

「いきなり新入受刑者に咬みついたり、刑務官を殴り倒して暴れたりするのに、事情があるとは思えないけどな」

罪を犯す人間も同じ人間だと凪は言ったけれど、世の中にはそうじゃない奴もいる。怪物もいる。

言葉の通じない、痛みのわからない化物もいる。

凪はしばらく黙っていたが、

「私は」

鍵を回し、ノブに手をかけながら言った。

「それでもやっぱり、人間だと思う」

理解できなくても。

ごとりとノブが動いて、重い扉が開く。

阿久津は黙って房の中へ入り、凪が扉を閉めた。

厚い金属の扉に隔てられた。

第三話　贖罪——山本芳史／北田楓

1　山本芳史（やまもとよしふみ）

懲役五年。

法廷でその刑を宣告されたとき、それが長いのか短いのか、山本にはわからなかった。酒に酔って、絡んできたのは相手のほうだった。その時点では、被害者は山本のほうだったはずだ。しかし結果として相手は死に、山本はこうして生きている。

傍聴席で泣いている遺族を見た。深く頭（こうべ）を垂れた。

五年が長くても短くても、とにかく償うべきだと思った。

経緯はどうあれ、自分は間違いなく、人を、死なせてしまったのだから。

+++

有罪判決を受けた裁判所からそのまま移動した先の刑務所で、山本は懲役囚の制服を身につけ、副看守長に刑務所生活の注意を受けた。

教えられた呼称番号は四二八番。若い刑務官に連れられて、畳三畳ほどの狭い新入独房に入れられる。

その日は舎房内の雑役をしている受刑者が、日常生活の細かいことを簡単に説明してくれた。これから行進訓練や、生活全般にわたる教育を受け、考査の後に工場に配属されること。作業中の私語は禁止されていること。新入教育が終われば、おそらく雑居房のどれかに入れられることになるだろうこと。

　山本は入所の際、髪を短く切っていたが、ごく最近、散髪の際に暴れた受刑者がいて、怪我人が出たというような噂話（うわさばなし）も聞いた。

「赤崎って知ってるか。ちょっと前にニュースになっただろ。裁判で有罪が確定して、あいつ、ここに収容されたんだよ」

　ありゃすごいね、化物だ。と、赤崎が暴れた現場に居合わせたらしいその受刑者は、身振り手振りで彼の暴れっぷりを語る。

「あんなケダモノみたいな奴相手に、新入教育なんかできるのかね。無期懲役だってんだから、あんなのと一緒に作業する奴はたまったもんじゃないよ。まして、同房になんてなった日には。まぁあれじゃ、独居房に入れるしかないだろうけど」

　同じ受刑者のはずなのに、化物だのケダモノだのと、赤崎を恐れ蔑むような口ぶりで彼が話すのが不思議だった。おそらく一般には、刑務所に入っている人間など皆そんなものだと思われているだろう。山本も、そんな中で五年を過ごすことが罰なのだと覚悟を決めてきたというのに、色々と教えてくれたその受刑者は、世話好きで噂好きな近所のおじさんといった印象で、明らかに赤崎を自分たちとは違うものとして話していた。

様々な指導や医務診察を受け、翌日から、新入教育が始まった。行進訓練や作業安全教育の後、自分の房で「受刑者生活心得・受刑者遵守事項」を読み、教えられた通り、デパートの手提げ袋を貼る作業をした。時間はゆっくり流れたが、不自由はない。罰を受けているとは感じなかった。準備期間だからだろうと思い、丁寧に淡々と作業をした。

翌日もまた、行進訓練が続く。山本と一緒に行進訓練を受けるはずだった新入受刑者が、袋貼りを拒み、注意した刑務官に暴力をふるったと聞いた。名前は聞かなかったが、例の赤崎桐也だろう。

彼はどうして暴れるのだろう、と、袋貼りをしながらぼんやりと思った。

何かに怒っているのだろうか。だとしたら何にだろう。自分に科せられた罰に、納得がいかないのかもしれない。自分のしたことは、収容され、髪を切られ、工場で働かされるほどのことではないと思っているのだろうか。それとも、そんなこととは無関係に、山本には想像できない理由で、暴れているのだろうか。

赤崎を化物だとあの受刑者は言ったけれど、自分も赤崎も、したことは同じだ。

人を殺した。

理由もなく化物に殺されたのなら、遺族は諦めがつくのだろうか。それとも、理由があって殺されたほうがまだ納得できるのだろうか。

どちらも変わらないだろうと、山本は思う。

被害者や遺族にしてみれば、同じことだ。

どんな理由があろうとも、暴力も殺人も許されない。

+++

一週間の新入教育の後、山本は、鉄工場に配属された。

六人用の雑居房に、七人目として入る。六人用の房は八人で、四人用の房は六人で使うのが当たり前になっているのだと、同房になった阿久津が教えてくれた。

「よろしくな。工場も俺ら一緒だから、わかんないことあったら聞いて。でも看守とか、担当が近くにいるときは私語ダメだから。交談札ってのがあるから、こーやってな」

やる気のなさそうな風情で、いつも猫背でいるのに、案外面倒見が良いらしい。

どこかでお会いしましたっけ、と言うと、彼は虚を突かれたような顔をして、それから、少し笑った。

「よくある顔だろ」

もしかしたら、ニュースになるような事件を起こした人なのかもしれないと、後から気づいた。

運動場へ行き、自由時間だと言われても何をすればいいかわからずにぼうっとしていると、知らない受刑者に邪魔だと小突かれた。謝って道を空ける。移動したところへ、ゴムのボールが飛んできて足にあたった。

「おい邪魔だよ!」

怒鳴りながら、ハンドボールをしていた受刑者たちの輪から、一人が抜けて走ってくる。

てんてんと転がるボールを追い、男は舌打ちをしてから、拾ったボールを持って輪の中へ戻って行った。

確かに、運動場の真ん中にいては邪魔になる。

山本が壁際に寄って立つと、砂を踏む音がして、すぐ横に阿久津が立った。

「無抵抗? あんまりおとなしくしすぎてもなめられんぞ」

「はあ……すみません」

「だからそういうのがさ」

阿久津は苦笑して、山本と並んで壁にもたれる。

「やらないんですか。ハンドボールとか」

「今日は疲れたから休憩」

休憩時間になってすぐ、ハンドボールをしている集団に、入れよと阿久津が誘われるのを見ていた。

阿久津は右手を軽く振って断り、だらだらと歩いていたが、運動場を横切る彼に次々声がかけられるのを見て、人気があるのだなと思っていた。

「おまえこそやりゃいいのに。いいガタイしてるよな」

「合気道をやっていたので……」

「へえ。だったら強いんじゃねえの？　最初に一発かましてびびらせときゃ楽なのに」

山本は、「平和主義者なんですよ」と曖昧に笑って答える。

もともと、ケンカっ早いほうではなかった。むしろ、人より大分、怒りの沸点は高い気がする。小突かれたり毒づかれたり、それくらいでは何とも思わない。

それに、もう二度と、あんな失敗はしない。

どんな理由があっても、他人に暴力をふるわないと決めた。

「何やったの、おまえ」

運動場を飛び回るハンドボールを目で追いながら、何かのついでのように阿久津が尋ねる。

「殺人です」

「……へー」

平坦な相槌（あいづち）。

訊いておいて、大して興味もなさそうに、目線はハンドボールの勝敗に向けたままだ。

砂埃を吸い込んだ山本の咳に紛れるように、

「俺も」

どうでもよさそうに言うのが聞こえた。

2　北田楓

新しく入った山本芳史は、珍しいタイプの受刑者だった。

受刑者としては、優良と言っていい。

背が高く、体格も良いので、万一暴れられでもしたら取り押さえるのが大変だと思っていたが、そんな心配をしたことが馬鹿らしく思えるほど、山本自身の性格はおとなしく、素直だった。

新入りに絡む受刑者はどこの工場にもいるが、山本が全く反抗しないので、ケンカにもならなかったと菊川が話していた。

鉄工場配属の受刑者たちが運動場にいるときに通りかかったが、山本は端のほうにぼんやりと突っ立っていた。

飛んできたボールを受けとめそこね、謝っているらしい様子が見えた。

ああいうタイプは受刑者の間でいじめのターゲットになりやすい。阿久津の房ならまあ大丈夫だろうが、気をつけて見ておかなければ。

自分へ向けられるどんな言葉も、どんな感情も、山本は、受けとめ、受け入れているように見えた。

理不尽なような言葉にも、落ち込むわけでもなく、卑屈になるというのでもなく、ただ受け入れている。

酔って絡んできた相手を返り討ちにして、死なせてしまった——殺人で起訴されて有罪となったわけだから、殺意があったということだろうが——と聞いているが、およそケンカをしそうには見えない。

それとも、人一人を死なせてしまったことが、山本を変えたのだろうか。

（変わっているといえば）

北田は、山本と同時期に入所した、山本とは両極端と言える受刑者、赤崎桐也の顔を思い浮かべる。

赤崎は、山本と一緒に新入教育を受け、同時期に配属先も決まるはずだったが、散髪で暴れ、処遇説明で暴れ、軽作業すら拒否し、結局再度の新入教育を受けることになった。

ここまで凶暴で扱いにくい受刑者というのも、これはこれで珍しい。

そして、阿久津真哉だ。

アクリルの仕切り板ごしに面会相手と向き合って座った阿久津のだるそうな横顔に、北田はちらりと目を向ける。

面会相手は、何ヵ月かに一度面会にくる女性記者だ。北田が着任してからは、ほとんど毎回北田が立ち会っている。

「もうすぐ出所でしょ？　心境の変化とかないかなと思って」

つやつやとした頬で言う女性記者に、阿久津は呆れたような、すでに疲れたような顔で息を吐いた。

「よく飽きないね、あんたも」

面会は、単調な日々を送る受刑者たちの楽しみであるはずだが、阿久津は淡白だった。話しかけるのは専ら記者のほうで、阿久津のほうから外の情報を求めることはない。記者からの質問に対しても、答えたり答えなかったりで、記者と阿久津の面会はほとんど世間話で終わってしまうのが常だった。

「慣れれば悪くねーよ？　ここも」

真意を測りかねる阿久津の言葉に、記者が困ったような顔をする。

少しの間沈黙があったが、やがて、不自然なほどさりげなく次の質問を投げた。

「反省とか後悔とか、してる？」

受刑者に対する質問としては、なかなかきわどい。

記者はじっと阿久津を見つめ、返事を待っている。

北田も阿久津の顔を見たが、阿久津の表情に変化はなかった。

阿久津はまっすぐに見返し、言う。

「何を？」

記者はそれ以上踏み込まなかった。

ため息をついて、次の質問へと移る。

（後悔してる？）

その質問ならば北田も、何度か阿久津にしたことがある。

確か、初対面でも訊いた。答えをもらったことは一度もない。

阿久津の面会は十五分ほどで終わった。

＋＋＋

赤崎に面会を希望している人間がいるという。

面会どころか、保護房から出すことすら危険な状況だと言ってその日は断ったそうだが、懲罰が終わる頃に会いに来るからと面会の予約を入れられてしまったそうだ。

ところかまわず暴れるような受刑者を、外部の人間と面会させることなどできるわけがない。第一、面会禁止自体が懲罰の一つなのに、赤崎に面会を許しては、他の受刑者にも示しがつかないのではないか。

「弁護士の面会を断ることはできないだろう」

菊川が、苦虫を嚙み潰したような顔で言った。

「ただの面会じゃない、再審請求のための、接見の申し込みだって言われちゃな。懲罰後に出直すと言って、今回は引いてくれたからよかったが……」

弁護士による接見は、訴訟等のために必要があって行うものだから、一般の面会とはわけが違う。どんな極悪犯にも裁判を受ける権利はあり、その保障のため、弁護士と会って話すことは極力制限すべきでないとされている。

しかし赤崎は確定判決を受けた無期懲役囚で、現在訴訟の準備をする必要はない。赤崎の弁護士は、再審請求予定があるとして接見を希望しているようだが、一度結論が出た裁判を覆すための再審請求、それも、請求する予定がある、という段階の面会を、刑事弁護人との接見とまったく同列に扱っていいのかは難しい問題だった。

一般論として、弁護士との面会自体を認めるべきであるのは当然のこと――弁護士との面会が、特別扱いされることは当然のこととしても、面会の相手はあの赤崎桐也なのだ。

アクリル板ごしだから、面会する弁護士に危険は及ばないだろうが、面会室へ連れて行くこと自体一苦労だ。そもそも、面会が成立するとも思えない。あの狭い部屋で暴れられたら、立ち会いの刑務官はただでは済まない。

赤崎の状態が落ち着いていなければ、その旨を告げて面会を先延ばしにしてもらうしかない。しかし、一見落ち着いているようでも、赤崎の場合、何がきっかけで暴れ出すかわからないのが怖いところだった。

「赤崎は、今は?」

「今まさに懲罰中だよ。そんなんじゃ面会は許可できないぞって注意したら、指図すんじゃねえよってまた大暴れだ」

拘束衣なんて久しぶりに見たよ、と、菊川が肩を落とす。

「北田、立ち会いやってくれないか。来週の火曜なんだが」

「わかりました」

赤崎の立ち会いを嫌がる刑務官は多いらしい。無理もない。

北田が応じると、菊川はほっとした様子で北田の肩を叩いた。


受刑者が刑務官を呼ぶ、報知器が鳴った。阿久津の房だ。

房の前まで行き、声をかける。

「どうした」

「あっ、すみません。あの、ペンの貸し出しをお願いしたいんです」

小窓から、山本の顔が見える。報知器を鳴らしたのも山本のようだ。

「手紙を書きたいので……」

「手紙?」

山本に、家族はいなかったはずだ。

「被害者の、遺族の方に……拘置所でも書いていたんですけど、こちらへ移ってからは、書いていなかったので。あの」

判決が出るまでの間に、被害者に謝罪の手紙を書く被告人は少なくない。反省の意を示すことは、量刑にも影響するし、被害者の感情が和(やわ)らいで示談できることもあるから、弁護人もそれを勧めるはずだ。

しかし、刑が確定し、刑務所に収容されてからも謝罪文を書き続ける受刑者は、北田の知る限り、決して多くなかった。

「……二時間以上は貸し出せない」

「はい、ありがとうございます」

嬉しそうな声が聞こえ、小窓ごしに、勢いよく頭を下げる山本が見えた。

3 山本芳史

北田にペンを返し、便せんと封筒をしまっていると、阿久津が近づいてきて傍(かたわ)らに屈(かが)みこんだ。

「書けたのか?」

折り畳み式テーブルの脚を畳みながら苦笑を返す。

「下書きをしていたら、二時間たってしまって」

「そっか、貸し出しは時間制だからな」

「また明日書きます」

ここでも、小さなトランク一つ分の私物は、所持が認められている。

しかし、入所したばかりの山本の荷物は少なく、トランクにはまだ大分余裕があった。

「家族はいないって言ってたけど」

「はい。……手紙は、遺族の方に」

丁寧に、書きかけの手紙をトランクにしまい、邪魔にならないように、ふたを閉めたトランクを収納する。

「便せんと封筒は、宮木さんがわけてくださったんです」

「ああ……そっか」

阿久津は、部屋の反対側の隅で座って本を読んでいる宮木のほうに目を向けた。

宮木は自由時間は、たいてい、本を読むか何か書き物をしている。

山本がこの房に入った初日も、確か本を読んでいた。

穏やかで、落ち着いた雰囲気の、およそ刑務所という場所が似合わない男だった。

「宮木さんも、長くここにいらっしゃるんですよね」

「五年くらい前から同じ房だな。宮木さんは最初独居房にいて、後からここに入ってきたから」

軽く言った後で、阿久津は、「ああ、でも」と慌てて付け足す。

「何か問題があって独房にいたわけじゃねーからな。ただ単に、その頃は雑居房が一杯だったから、一人用の独居房に、二人入ってたんだよ。宮木さんはそのうちの一人だったけど、もう一人がいなくなったから、独居房空けるためにこっちに移ってきたってだけ」

つい最近、新入教育終了を待たずに懲罰房入りし、そのまま独房入り確実となった赤崎桐也の件があるから、独房イコール集団生活をするのに適さない受刑者が入るところ、というイメージはどうしてもある。宮木に不名誉な噂が立ってはいけないと思ったのだろう。

山本は、わかっていますよと笑って応えた。

少し話しただけでも、宮木がトラブルを起こしそうにない、おとなしい受刑者であることはわかっていた。

何の罪で収容されているのかは知らないが、あんな物静かな人が、何年もの懲役を科されるほどの犯罪を犯したなんて信じられない。

それとも、ここでの暮らしで、彼が変わったのだろうか。たとえば赤崎のような人間でも、何年もここにいるうちに、穏やかな人間へと変わっていくのだろうか？

山本がそれを口に出すと、阿久津はまさかと笑った。

「宮木さんは最初っから静かだよ。少なくともこの房に来てからはそうだな。まぁ最初は粋がってて、長くいるうちに落ち着いてくる奴もいるけど、それがここでの矯正の効果なのかどうかは微妙なとこだな」

「そうなんですか」

「刑務所の教育が赤崎をどうにかできるとは思えねえしなー」

工場にも出ていないし、房も違う赤崎とは接点がないはずの受刑者たちにも、何故か赤崎の話は伝わっている。犯罪を犯した人間たちが集まったこの場所でも、赤崎の存在は相当にインパクトがあったのだろう。

阿久津は偶然、移動の途中に、運動場で暴れて連行されていく赤崎を見かけたことがあるのだそうだ。実際に赤崎本人を見た人間として、漏らした感想にも実感がこもっている。

「誰がどんな罪で入っているのかとか、あんまり話さないんですね」

「別に隠してるわけでもないけどな。何年も同じ房にいりゃ、一度は聞くことだけど、まぁそうかな……ここでの生活にはあんまり関係ないし、そうしょっちゅう話題にはあがらないな」

阿久津は山本の横に、長い脚を折り曲げて座り、ぽきぽきと首を鳴らした。窮屈になったのか、すぐに畳の上に片脚を投げ出す。片脚だけにしたのは、広くはない房の仲間たちに気を遣ったのだろう。

関係ない、という言葉の意味を山本は考える。

同じ房で暮らす人間がどういう人間かは大問題だと思うのだが、外で犯した罪の重さはここでは無関係ということだろうか。

確かに、罪を犯した人間ばかりがいる場所で、その重さを比べても仕方ないといえば仕方ないような気もする。

いつかここを出て行けば無関係になるのだから、塀の外でその人がどういう人生を送っていたかなんて知る必要はないのかもしれない。

思い出したくない人もいるだろうし、と、同房者たちの過去に興味を持っていた自分を反省しかけたが、一方で、釈然としないような思いもある。

山本は、自分の罪に向き合うことも、罰のうちだと思っていたのだが。

「たまに、武勇伝みたいに自分の経歴を話したがる奴もいるけど、半分くらいが嘘だな。暴力団の幹部に知り合いがいるとか、出所したら幹部になることを約束されてるとかさ」

首だけ動かして山本を見、ニヤッと口の端をあげて笑う。

「バレたら馬鹿にされるからやめとけよ、そういうハッタリ」

「しませんよ」

「冗談だって。わかってるよ」

慌てて首を振る山本に、阿久津は笑い声をあげた。

面倒見の良さそうな男だ、と改めて思った。

学生時代も社会に出てからも、後輩に慕(した)われるタイプだ。

阿久津がいつからここにいるのかわからないから、彼が社会人だったことがあるのかどうかはわからないが、漠然とそう思う。

山本は、小学生のように三角にした脚をぎゅっと胸に引き寄せるように抱いて口を開いた。

「もっと、怖い人がたくさんいるのかと思っていたんです。この場所は」

阿久津が山本を見る。

「罪を犯したのは自分も同じなのに、こんな言い方、身の程知らずっていうか、失礼だとはわかっているんですけど」

罪悪感も手伝って、少し早口になった。

「罵(ののし)られたり、蔑まれたりして、辛い思いをして、反省しながら何年も過ごすのが、罰なんだと思ってました。毎日工場で作業をして、ちゃんとしたごはんを食べさせてもらって、ただ何年か過ぎるのを待てばいいなんて」

人の命を奪うという、取り返しのつかないことをしたのに。

どんなことをしたって、償えないのに。

罪を犯した人間ばかりいるこんな場所で、言うべきことではなかった。

阿久津には言えてしまった。しかし冷静になってみれば、今まで親切だった阿久津の態度が豹変(ひょうへん)してもおかしくないことを言っているのだとわかっていた。

自分だけではない、阿久津も含め、ここにいる誰もが、罪を犯した人間だ。そんな人間たちがのうのうと生きているのがおかしいと、山本は言っていることになるのだ。

しかし阿久津は気を悪くした風でもなく、

「真面目だな」

と言った。

「非人間的な扱いを受けることまで覚悟しなくてもいいんじゃねえの？　罪は罪だから、罰を受けるのは当然としてもさ」

「人を一人殺してしまったのに、今は罰というほどの罰を受けている気がしません」

「そうか？」

その一言が、初めて、少しだけ硬度を持った気がして、山本は阿久津を見る。

阿久津は山本を見ていなかった。低い天井を見上げている。

「まぁそれは、人によるだろうな」

高校生のとき、屋上で煙草を吸っていた同級生を思い出した。

そんな仕草だった。

しかしそれも一瞬で、阿久津はすぐにいつものように先輩らしい顔に戻り、山本のほうを向く。

「さっき、矯正効果があるのか微妙って言ったけど、もう二度と戻ってきたくないからもう絶対罪は犯さないって言って出所してく奴は結構多いぜ」

「……そうですか」

じゃあ、多分、そう思えない僕には、罰が足りないんですね。

そう思ったが、言わなかった。

「でも、僕にとっては、思ってたよりずっとましです。刑務官の方々も、親切ですね」

意識して、少し声を明るくする。

「そうか？　仕事してるだけだろ」

「もっと、いじめられたりするかと思ってたんです」

「ああ、まあ、なくはないな」

え、と思わず聞き返すと、阿久津は苦笑して、

「いや、まあ、管理課も処遇課も、俺らと関わる担当には今のとこそんな腹黒いのはいねーから安心しろよ。工場担当は菊川のおっさんで、一番そういう、懲役の扱いとかにうるさい古株だし」

「名前がわかる人、北田さんしかいないんですけど」

「刑務官は懲役に名前を教えるようにはなってないんだよ。だから、大体皆担当さんって呼んでるな。北田と河合は名前を訊いたら教えてくれたけど、それはあいつらが変わってるんだ」

まぁ、刑務官同士が呼び合ってるの聞こえるから、名前は覚えるけどな。そう言って、阿久津は首の後ろをかいた。

「担当さんたちとも、長く一緒にいることになるんですよね。何年も」

「河合は二、三ヵ月前に来たばっかりだけど、他は結構長い。俺が入ったときからいるのは菊川のおっさんくらいのもんだけど」

ということは、阿久津は相当に長期の懲役囚なのだ。罪名は殺人だと、そういえば言っていた。

「……なくはない、って、刑務官が受刑者をいじめる事件があったってことですよね」

「つい最近もちょっとあった。そいつはもうやめたけど」

おまえと入れ違いくらいにな、と続ける。

「おまえが思ってたみたいな、いわゆる鬼看守みたいな、そういう奴はそうそういないけど、なんつーか……ここって特殊な場所だからさ。皆無ってわけじゃないな」

阿久津は、畳に立てた片膝に腕をのせ、腕の上に顎までのせて、さらにリラックスした体勢になった。

「一人一人はいい奴なんだろうよ。けど、ほんと、隔離された世界だし。普通じゃいられなくなるときがあるんだろうな、きっと。普通の奴がさ」

山本は、ただ一人、顔と名前の一致する刑務官を思い浮かべる。

「北田さんはいつも冷静で、何かに動じたりしないような感じですけど」

「あいつは……そうだな、あいつは違うかもな」

阿久津は、あっさりと同意して、何かを思い出すように目線をまた上へ向ける。

「一番愛想ねえけど、イラついて俺らに当たるってのは一度もないな。病気のときとかに薬を頼んでも、すぐくれるし。めんどくさいだけかもしれないけどな」

ということは、他の刑務官は、受刑者に当たり散らしたり、病気の受刑者に薬をくれなかったりするということだ。

しかしそれくらいなら、外の世界でもよくあることのような気がした。会社で上司に八つ当たりされたり、体調が悪くても我慢するよう強いられたりというのは、そう珍しいことでもないだろう。

やはり、甘いと思ってしまう。被害者の人生すべてを奪っておいて、自分たち加害者だけが反省したり教育されたり、これからやり直すチャンスまで与えられるなんて。

自分が被害者の遺族だったら、きっと納得できない。

「でも、北田だってどこかおかしい。ていうか、あいつはもともとおかしいから、逆に、この場所に影響されずにいるのかもな」

何もなけりゃ、こんな仕事続けてねえだろ。

阿久津がそう呟いた後、少しの間会話が途切れて、沈黙が下りた。

同房者たちの談笑する声が、すぐ近くなのにどこか遠くに聞こえた。

冷静になってみれば、ずいぶんとえらそうなことを考えている。

こんなに親身に話を聞いてくれた阿久津も、同じ罪を犯したと聞いていたというのに
——人を殺した人間は何をしても償えないだとか、塀の中でも心穏やかな日々を過ごせることがおかしいだとか、阿久津の側の事情も知らないで。もしかしたら、阿久津のこ

とまで責めているように聞こえていたかもしれない。

「……すみませんでした。色々、不快な話をしてしまって。さっき言ったこと、気にしないでください。自分でも、思いあがりだってわかってるんですけど、どうしても考えてしまって」

蒸し返せば、二度不愉快な思いをさせるだけかもしれないと思いながらも、謝らずにはいられなかった。

自分一人で考えていればよかったのだ。

後悔も反省も違和感も、自分で抱いている分には誰にも迷惑をかけないのに、わざわざ口に出して、自分の抱えるもやもやした気持ちを、人に感染させるような真似をしてしまった。

まして、阿久津は、自分と親しいわけでもない、ただ親切に話を聞いてくれただけの、同房者に過ぎないのに。

そう思えばさらに自己嫌悪に陥り、山本は唇を噛んだ。

自分はとことん勝手で、自分本位な人間なのだと思い知る。

(罰されたいと思うのも、謝罪の手紙を書くのも、自分のためだ)

許される罪ではないと言いながら、許されたいと思う気持ちがあるからだ。自分が楽になりたくてやっているのだ。

ただ悔いて自分を責めるのならば、遺族にそれを伝える必要も、人に話す必要もなかった。

自分がどんな罰を受けても、どれほど深く悔いても、失われた人は戻らない。

遺族にとってはきっと、意味のないことだった。

謝罪を受け入れてもらえなくてもいい、ただ謝らせてほしいと思って書き続ける手紙さえ、自己満足でないとは言い切れないことを、本当は自分でもわかっていた。

「いいんじゃねえの」

ふいに、阿久津が言った。

「そりゃ、遺族にしてみりゃ、謝ってもらったって許せるもんじゃないだろうけどな。だから謝らないってのは違うだろ」

山本はうつむいていた顔をあげたが、相変わらず阿久津は山本を見ずに話している。

「どうせそのうちどっかから聞くだろうから言うけど、俺も被害者遺族なんだわ。その立場からの意見。……別の被害者遺族を生み出しておいて、今さらどのツラ下げて被害者遺族だって話だけどな。人一人殺してんだから」

被害者遺族となった経験のある人間が、人を殺すということの意味に思い至り、山本ははっとする。阿久津は自嘲するように一瞬顔を歪め、しかしすぐにまた感情の読めない表情に戻って言った。

「俺は、犯罪で家族を亡くして、遺族がどんな気持ちになるかわかってた。わかってて、人を殺したんだ。殺そうと思って殺した。殺した後も、正直言って俺は、遺族のことなんか考えなかったよ」

一旦言葉を切り、ちょうど煙草を吸い込んで、煙を吐き出すときのように深く呼吸をする。

「おまえみたいなのもいるんだな。俺がおまえの被害者の遺族だったら、おまえを許すかはわからないけど、家族を殺した人間が反省も後悔もしてないよりずっと救われるよ」

山本は泣きそうになって阿久津から目を逸らした。

阿久津はおそらく、自分よりずっと長くここにいる。自分が悩んでいるようなことなど、きっともっと、数え切れないくらい何度も考えたに違いなかった。それでもこんな自分にこんな風に接してくれる、阿久津は優しい。こんな人に、人を殺した人間はもっと罰されるべきだなんてよく言えたものだと、恥ずかしくなった。

そして自分は卑怯で、浅ましい人間だった。

この期に及んで、優しい人に慰められたいと思っているのだ。

阿久津に話したのは、そういう思いがどこかにあったからだと、自分でわかっていた。

それでもやはり、救われた。

「四二八番。山本芳史」

扉の外から名前を呼ばれて、山本は姿勢を正した。

北田が房の外に来ている。

急いで立ち上がり、扉の前に立った。

「はい」

「赤崎桐也の弁護人が、面会を申し出ている。断ることもできるが、どうする？」

意外な用件を切り出された。

身内のいない自分に面会の申し入れがあることは勿論、面会人まで想定外だ。

「……面会って、僕に、ですか？」

「同時期に新入教育を受けていた受刑者から、事情を聞きたいそうだ」

山本は、房の中を振り返った。

ずいぶん長く話していた気がしたが、まだ就寝時間までは間がある。

何故自分が指名されたのかはわからないが、ペンを返してしまった今はすることもないし、断る理由はない。赤崎の話に興味もあった。

「僕でお役に立てるなら……」

雑居房の重い扉が開く。

部屋の隅に同じ姿勢で座ったままの阿久津が、「いってらっしゃい」というように右手をあげた。

面会に来る身内のいない山本にとって、初めての面会室だった。

立会人の北田と一緒に、狭い室内へ入り、アクリルの仕切りごしに、面会人と向き合って座る。

赤崎桐也の弁護人だというその弁護士は、思っていたよりも若く、見るからに仕立ての良さそうな、薄いブラウンのスーツを着ていた。

「こんにちは。はじめまして、弁護士の高塚です」

アクリルの仕切り板に名刺を貼り付けるようにしてこちらに見せる、その仕草もどこか優雅だ。

山本も挨拶を返したが、なんだか居心地が悪かった。

「すみません、突然こんなお願いをしてしまって。お話を聞かせていただけるんですよね。ありがとうございます」

敬語ではあるが、あまり距離を感じさせない、気安い印象の話し方だ。

裁判のとき山本についていた国選弁護人は、おそらくはこの弁護士の倍ほどの年齢の、一目でベテランとわかる男だったが、こんなにすらすらとは話さなかった。

主導権を握り、自分のペースで物事を進めるのに慣れた人間だと、すぐにわかる。弁護士など何人も知っているわけではないが、この男はおそらく有能なのだろう。

しかし、いかにもエリートのこの男が赤崎の弁護をしているところを想像することはできなかった。どう見ても、赤崎と合うタイプではない。そもそも、会話が成立するとも思えなかった。赤崎が相手では、誰でもそうかもしれないが。

「あの、どうして僕に？」

「ああ。刑務所内での赤崎の様子が知りたいから、同房者の話を聞けないかと看守さんに頼んだんですけど、赤崎は単独で房にいるって聞いて。言われてみればそうですよね。集団生活ができるような奴じゃないから」

一言の質問に対して、立て板に水のような答えが返ってくる。聞き取れないほど早口なわけではないから、ついて行けないことはないが、一瞬で高塚のペースに引き込まれた。

「赤崎と少しでも一緒に過ごしたことのある受刑者さんっていうと、新入教育のときに一緒だった人くらいだって聞いて。それで、同時期に入所した方をってことになったんです。赤崎のことはあまり知らなくても、所内のこととかも聞きたいしね」

高塚はにこりと笑い、

「看守さんにね、温厚でコミュニケーション能力に問題ない受刑者さんで誰かいい人いませんかってお願いしたんですよ」

つまり、刑務所の側から、扱いやすい受刑者として「おすすめ」されたということらしい。

山本は傍らに座る北田を見たが、北田は何も言わず、山本のほうを見もせず、空気のようにそこにいるだけだった。面会の立会人というのは、そういうものらしい。

「さてと、時間制限もあることですし、色々聞いていきますね。山本さんの入所の時期は――」

高塚は青い罫線の引かれたレポート用紙のようなパッドをめくり、高価そうなペンをスーツの上着から取り出した。さらさらと、新しいページの一番上に日付を書き込むのが見える。

それから、次々と質問をされ、山本はわかる限りでそれに答えた。

高塚は赤崎の弁護人なのだから、山本などよりよほど赤崎のことを知っているはずだが、山本の提供する些細な情報にも興味深そうに頷きながら聞いている。

高塚の質問は、新入教育のときの赤崎の様子、所内での赤崎の噂等から、所内での生活・待遇についてや、山本が収監された経緯にも及んだ。

「大変だね、あんな凶暴なのと同房になったり一緒の工場になったりする人は」

「あ、……ええと、集団行動が難しい人は独房に入りっぱなしになるんじゃないかと……赤崎さんは、今も工場には出てませんし」

「そうか、そうだったね」

話しているうち、高塚の言葉遣いは砕けたものになっている。それを不快には思わなかった。

阿久津と話したときも思ったことだが、コミュニケーション能力の高さゆえなのだろう。

自分にはできない芸当だと、山本は素直に感心する。

「山本さんは、懲役何年？」

「五年です」

続けて罪名を訊かれることはわかっていたので、

「人を殺してしまったんです」

続けて、自分から言った。

高塚がメモをとる手を止め、目をあげる。

「同じアルバイト先で作業をしていた、顔を知っている程度の人だったんですけど……あまり好ましく思われていないのがわかって、僕もその人が苦手でした」

同年代だったが、黙々と仕事をする山本とは違い、いかにもいまどきの若者といった風だった。仲間も多く、職場でもいつも数人でつるんでいた。

「相手の人はお酒に酔っていて、こちらも少しお酒が入っていて……絡まれて、僕は店を出て、逃げようとしたんですけど、それで余計に怒らせてしまって。店の外で、言い争いというか……ケンカになったんです」

困ったな、と思ったのは本当だが、同時に、この機会に、ちょっと驚かせてやろうという気持ちが湧いた。

山本は合気道の有段者で、腕に自信もあった。武道の有段者が軽々しく素人（しろうと）に技をかけるわけにはいかず、これまで挑発に乗るようなことはしないできたが、酔った相手は頭に血が上り、いまにも殴りかかってきそうだった。

先に殴りかかられて応戦するのなら、「仕方なく」で済む、ととっさに思った。

普段、絡まれてもおとなしくしているのは、弱いからではないのだとわからせる。そうすれば、もう絡まれることもなくなるだろう。

それに、これまでさんざん絡まれたことは、やはり愉快ではなかったから、意趣返しをしてやろうという気持ちもあった。

ただ身を守るだけなら簡単だった。相手の攻撃を受け流せばよかった。酔って大振りになった相手の攻撃くらい、どうとでもできた。

しかし、「酔っていたから避けられてしまっただけだ」などという言い訳を相手が使えないくらいに、派手に転倒させて、技をかけられたのだとわからせてやろうと思ったのだ。

馬鹿にしていた相手に投げ技を決められたらどんな顔をするだろう。いつもにやにやと見物している彼の仲間の男たちも、考えを改めるだろうと。

こちらがおとなしくしているのをいいことに、しつこく絡んでくる相手に対し、山本は確かに苛立ちを感じていた。

馬鹿にしていた自分に完敗させてやろう、それを皆に見せ付けてやろうという気持ちが、確かにあった。

だから、殴りかかってきた相手の腕をとって、投げた。

誰の目にも明らかなように、投げ技を決めたのだ。

しかし、そこは道場ではなく、地面は固いコンクリートだった。

男は背骨を骨折し、植え込みのふちのレンガで頭を打って、運ばれた先の病院で死んだ。

「何それ。傷害致死じゃない」

経緯を聞いた高塚が、眉を寄せる。

「殺意はなかったんでしょ？　殺人で起訴されて、有罪になったわけ？」

「僕にとっては殺人なんです。僕が暴力をふるって、その人はそのせいで亡くなったんですから」

「……そうだとしたって正当防衛じゃないの」

「いいえ」

自分の身を守るため、必要にかられて防衛のために暴力をふるうのが正当防衛なら、自分のしたことは明らかにそうではなかった。

相手の男は酔っていたし、武器を持っていたわけでもなかった。

自分が痛い目をみないように、適当にあしらうことはできたはずだった。

だから検察官の取り調べの際もそう言った。

コンクリートの地面に叩きつけたら、相手の人は死んでしまうかもしれないと思わなかったか。常識的に考えれば、それくらい危険があることは想像がつくのではないか。

そう法廷で検察官に訊かれたときも、そう思うと答えた。

弁護人のことは困らせてしまったが、自分は罰を受けるべきだと思ったのだ。

裁判の初日から傍聴していた、被害者遺族を見たときから、言い訳はしないと決めた。被害者は死んでしまって、もう何も言えないのだから、生きている加害者の自分一人が、自分に有利なことばかり裁判所に訴えるのは申し訳ないような気がした。

弁護人は色々と刑を軽くするための助言をくれたし、弁護人が見つけてきてくれた目撃者も、先に殴りかかったのは被害者の方だったと証言してくれたのに、すまないことをしたとは思う。しかし、そうすることが、贖罪(しょくざい)の第一歩だと思っていた。

「弁護人、国選？」

「はい」

「運が悪かったね」

高塚は長い脚と両腕を組み、パイプ椅子の背もたれにもたれて言い放った。

「弁護人の腕が悪かったんだよそれ。俺がやってれば、正当防衛で無罪にできたかもしれないのに。過剰防衛だとしたって、刑はもっと軽くできたよ」

ついと顎をあげた高塚は、どこか不満そうな顔をしている。

子どもがふてくされているような表情に、山本は思わず笑いそうになった。

こんな言い方でも、山本に科せられた罰を不当だと思ってくれているのがわかったからだ。

少しだけ口元で笑った。

「いいんです」

驚かせて少し痛い思いをさせるつもりが、鈍い音がして相手がぐったりしたときは、恐怖で足がすくんだし、大変なことになってしまったと思ったが、その後取り調べを受けているときは、「絡んできたのは向こうだし」という気持ちがあった。

けれど、法廷で、泣いている被害者の両親や、じっとうつむいて黙っている被害者の姉を見てしまったら、もうだめだった。

自分のしたことは正当だったなんて、とても主張できなかった。

それは多分、自分自身でわかっていたからだ。

あれは正当な防衛などではなかった。

「ふーん」

高塚は、まだ納得がいかないといった顔をしていたが、

「っと、そろそろ時間か」

痩せた手首にはめた、高級そうな腕時計に目をやって腰をあげた。

「ありがとう、参考になりました」

最後だけ、今さら敬語に戻って言う。

「いえ」

思わず山本も立ち上がって頭を下げた。

後半はほとんど自分の話ばかりしていたような気がするが、これでよかったのだろうか。

筆記用具を鞄（かばん）にしまって立ち上がった高塚の目が、すっと山本の横の北田に向けられる。少なくとも、山本にはそう見えた。

（あれ？）

その視線に、何か、意味があるように感じて、山本は思わず北田を見る。

しかし北田は目をあげず、高塚もすぐに目を逸らして面会室を出て行った。

4 北田楓

赤崎が所内で刑務官や受刑者に傷害を負わせたことにつき、弁護士が話を聞きたいと言っている。そう北田に伝えに来た菊川は、疲れきった顔をしていた。

もともと再審請求のために赤崎への面会を申し入れていた弁護士だが、再審請求のためではなく、新たに発生した傷害事件のためだと言われては、会わせないわけにもいかない。弁護を担当するかもしれない弁護士との面会の権利は、憲法によって特別強く保護されているのだ。

赤崎の面会への立ち会いは誰もが嫌がったので、これまで振られた仕事を拒否したことのない北田にお鉢（はち）が回ってきたというわけだった。

「まずは所内での赤崎の様子を聞きたいから、刑務官と他の受刑者と話がしたいそうだ」

菊川の無骨な指が、薄いクリーム色の上等な紙に印刷された名刺を差し出す。

有名な大手法律事務所の名前の下に、「弁護士　高塚智明（ともあき）」と印刷されていた。

勿論、知らない名前だ。

しかし、一階の受付の前で待っていた弁護士を一目見た瞬間に気づいた。

以前会ったことがある。

当時の自分はそれまでの人生でなかったほどに呆然としていたはずだが、感情の混乱に反して記憶は鮮明だった。

こちらに気づいてベンチから立ち上がりかけた弁護士——高塚が、挨拶をしようとして、何かに気づいたように動きを止める。それから、ゆっくりと、目を見開いた。

驚いたことに、彼のほうでも、北田を覚えていたようだった。

六年前のことだ。

高校生の少女が、十九歳の少年に強姦（ごうかん）されるという事件が起こった。

北田は被害者の関係者として、その事件に関わった。そして高塚は、加害者側の弁護士事務所にいた、司法修習生だった。

北田は厳密には被害者の身内ではなく、高塚も、微妙に事件の外側にいた。だから、二人ともがお互いのことを覚えていたというのは奇跡に近い。

被害にあったのは、北田の恩師の娘だった。北田は恩師に頼まれて、彼女の家庭教師をしていた。事件の起こった日も、少女は北田に大学受験のための指導を受ける予定だったのだ。

被害者となった少女の両親は、加害者側と示談し、被害届を取り下げることに決めた。娘が一刻も早く事件のことを忘れられるようにと、考えた末のことだった。退院してからも部屋にこもりきりになっている娘を動揺させたくないと、示談書の取り交わしは、加害者側の弁護士の事務所で行うことになった。

北田は、少女の父親に頼まれて、その場に立ち会ったのだ。

少女の母親は、とても加害者側と示談の話ができる精神状態になく、かといって父親が一人で加害者代理人の事務所を訪ねることにもためらいがあったらしい。

冷静になれる第三者がその場にいたほうがいいが、かといってまったくの第三者を立ち会わせるわけにもいかないと、検討の末白羽（しらは）の矢が立ったのが、被害者の父親の元教え子で、被害者の家庭教師という微妙な立場の北田だった。

これ以上事件について知っている人間を増やしたくないという、家族の思いもあったのだろう。事件について警察から連絡があったとき被害者宅にいた北田は、そういう意味でも適任だった。

少女とその家族は被害届を取り下げ、加害者は不起訴になった。

見張りをしたり、少女の拉致に手を貸したりした少年たちも、皆そろって放免された。

仕方がなかった。裁判になればそれだけ、人に知られる危険も増える。長引けばそれだけ、心の傷は深くなり、傷を癒すために使う時間が裁判のために削られてしまう。一刻も早く、どんな形であれ決着をつけて、事件を忘れることが、彼女のためだと家族は考えたのだ。

しかし、その二週間後、少女は自殺した。

「……お久しぶりです」

面会希望者の受付の前で再会した高塚は、あの頃よりも大人になって、あの頃よりも高級そうなスーツを着ていた。

北田は黙って会釈を返した。

「刑務官に？」

「はい」

加害者側の弁護士についていたのなら、北田と被害者の関係も、事件の経緯も、その後のことも、知っているはずだった。

「おかしいですか」

「おかしくはないですけど、意外ですね」

正直な感想だろう。思わず、北田のほうも本音を漏らした。

「阿久津真哉がいるからです」

彼女が死んで半年後、北田は大学を卒業した。大学院に通いながら進路を考えていたとき、何気なくつけていたテレビの衝撃事件特集で、阿久津の事件を知った。

数年前に起きて大きな話題になった事件だと、番組内でも比較的大きく取り扱われていたが、事件が起きた当時はほとんどテレビを観なかったから知らなかった。

飲酒運転で妹を撥ね、死亡させた少年グループを襲撃して、リーダー格の少年を殺害したという報復殺人。

加害者のほうも事件当時未成年だったが、長期の刑を受けたため通常の刑務所に収容され、現在服役中であると報道していた。

復讐。

自分は、考えもしなかった。

「阿久津……？」

高塚はその名を聞いて、怪訝そうに眉を寄せる。

「阿久津、って……あの、報復殺人の？　そういえばここに収容されていたんでしたか」

「ええ。彼に興味が湧いて」

何故こんな、何年ぶりかに会う——初対面に近いような関係の弁護士に、誰にも言わずにきたことを話してしまっているのか、わからない。

わからないまま続ける。

テレビで阿久津の事件を知って、衝撃を受けたこと。

「目が覚める思いでした」

そうすればよかったんだって。

「僕もあのとき殺せばよかったって」

高塚が真顔になった。

驚きや困惑の表情ではなく、笑い飛ばすでもなく。

北田の意図を正確に読み取ったらしい様子に、北田は、この若い弁護士に対する評価を改める。

「冗談です」

するりと、逃げる一言で打ち消した。

「……受刑者との面会について、上に確認をとってきます」

背を向けて歩き出す。

高塚は何も言わなかった。


山本が面会を了承したので、事情聴取に立ち会い、その後、房まで戻るのに付き添った。

歩きながら、ふと気になったことを尋ねる。

「手紙、宛先はわかっているんですか」

「あ……いえ、でも、弁護士の先生経由で……。裁判の前にも、書いて弁護士の先生にお願いして、遺族の方に渡してもらっていたんです」

山本は北田のほうから話しかけられたことに少し驚いた様子だったが、ためらいがちにそう答えた。

刑が確定した後で遺族にどれだけ謝罪を重ねても、刑期には影響しない。反省の態度が認められ、仮釈放が早まる……ということはあるかもしれないが、山本がそれを目的にしているようには思えなかった。

ただ、謝罪をする。犯した罪と向き合い、被害者や遺族の存在を刻み込み、繰り返し。

そんな受刑者も、いるのか。

「北田さん、時々、話し方が違いますね」

「あ……すみません」

「いえ」

指摘されて初めて、同僚たちに対するような話し方になってしまっていたことに気がついた。

「……工場や、人前では。懲役に敬語で話すのはよろしくないと、上から言われているので、一応」

昔から、あまり親しい人間を作らなかった。

他人とは常に一定の距離を置いていたから、家族以外には敬語で話すのが通常だったが、受刑者に対するときは、刑務官と受刑者という関係を強調するように、意識してそれをやめている。

山本が受刑者であることを忘れていたわけではないが、彼のまとう空気があまりに穏やかなせいか、つい気が抜けてしまっていたらしかった。

「北田さんは、どうして刑務官になったんですか？」

普段の自分なら、無視しただろう質問だったが、少し考えた後で口を開く。

「……犯罪を犯す人のことを、知りたかったのかもしれません」

嘘ではない。しかし、本当の理由は別にある。

そんなことまで、山本に話すわけにはいかない。

その代わりに、ここへ来てからは菊川にしか話したことのない、昔の話をすることにした。

「以前、家庭教師をしていた先の家で、そこのお嬢さんが強姦被害にあったんです」

思った通り、山本が息をのんだ気配がした。

山本の性格を考えれば、話を聞いた彼が心を痛めるだろうことはわかっているのに、何故よりにもよって彼に話そうと思ったのかは、自分でもわからない。

「おおごとにしたくないという本人と家族の意向で示談にして、加害者は不起訴になりました。私も、なりゆきで、示談に立ち会ったんですが」

ゆっくりと廊下を歩きながら、淡々と続ける。

言葉で説明すれば、一分もかからない、短い話だ。

「でもその二週間後に、彼女は自殺しました。インターネットに、動画があがっていたんです」

北田はその動画を観ていない。

それどころか、事件の後、彼女に会ってすらいない。

会わないままだった。

事件が起こる数日前、会ったのが最後だ。

その日北田は彼女に、想いを告げられていた。

ひんやりとした廊下を並んで歩きながら、山本が泣いているのに気づいたが、黙って歩き続けた。

5　山本芳史

書き終えた被害者遺族宛の手紙を北田に託し、ペンを返して、房の隅の定位置に戻る。

ふと見ると宮木が壁際で書き物をしていたので、近づいて行って頭を下げた。

「宮木さん、便せんと封筒、ありがとうございました」

宮木は顔をあげ、どういたしまして、と穏やかに笑う。

「またいつでも分けてあげるよ」

「そんな、次からはちゃんと自分で買います」

「本当にいいんだ。自分以外にも、こうして手紙を書いている人が同じ房にいると、なんだか仲間みたいで嬉しくて」

見れば見るほど、こんな場所にいるのが似合わない人だ。

向けられた微笑みと、仲間という言葉に、ほわりと気持ちが温かくなった。

「宮木さんは、誰に書いてるんですか？」

「友達にね」

ちょうど次のページに移ったところなのだろう、まだ文字の記されていない便せんの罫線を指でなぞりながら、宮木が答える。

「贖罪の手紙だよ。君と同じだ」

贖罪。友達に？

何の、と訊きそうになったが、触れていいものか迷う。

少し迷って、結局、別の質問を口にした。

「ずっと、書き続けているんですか？」

宮木はこの房では、阿久津に次いで古株だという。収容されてからずっと手紙を出し続けているのだとしたら、ずいぶん長い文通だ。

うん、と頷いて、宮木はペンを置いた。

「数年前までは、私は独居房にいてね。当時から房の数が足りていなくて、独居房を二人で使っていたんだけど、仲良くしてもらったよ。彼がいなくなってから、私はこちらに移されることになったんだけどね」

外ではなく、ここで知り合った友達らしい。

何に対する贖罪なのか、ますます疑問は深まったが、踏み込めなかった。

宮木が穏やかに微笑みながら話す様子と、贖罪という言葉の重みが、釣り合わない。

しかし、宮木の表情から、手紙を書くことは彼にとって、罰などではないということはわかった。

「昔は、手紙を書いているのをからかわれることもあったけど、もう皆気にしなくなった。新入りの懲役に馬鹿にされても、阿久津くんがよくかばってくれたよ」

懐かしいなと目を細める。

「あの独居房に彼と二人でいたのが、もうずっとずっと昔のような気がするよ」

そうだね、なんとなく、彼に似ていたな。

他の受刑者と何か話している阿久津を見ながら、そんなことを言った。

それから、さて、と畳に手をついて立ち上がる。

「私もそろそろペンを返さなきゃいけないね」

「あ、はい。すみません、邪魔してしまって」

「とんでもない」

山本が自分の私物を置いてある房の端へ戻ると、阿久津に、「手紙出したんだ」と声をかけられた。

「はい、さっき。ここに来てからは初めてです」

見ると、宮木は北田に、ペンだけを返却している。手紙を預けている様子はないから、ペンの貸し出し時間内に書きあがらなかったのだろう。声をかけて邪魔をして、悪いことをした。

「宮木さんも、お友達にずっと手紙を書いてるんですね。ここで会った人と、そんなに仲良くなれるんだなってちょっと驚きました」

「二年も同じ房で、二人きりで過ごせばな」

宮木は自分の定位置に戻り、トランクを開ける。便せんをしまうとき、きちんと整理されたトランクの中に、封筒に入った手紙の束が見えた。

（え、）

全部同じ封筒だ。

見覚えがある。ついさっき、山本も一通、北田に預けたばかりだ。刑務所の中で、手に入る封筒は一種類だけ。

宛名だけが書かれて、切手も消印もない、きれいなままの表。出せなかった手紙の束だと、気がついた。

思わず阿久津を見る。

阿久津は小さく首を振り、

「住所なんて知らないんだよ」

他の誰にも聞こえないくらい、小さな声でそれだけ言った。

それでやっと、思い出した。

受刑者同士で住所の交換をすることは、固く禁じられている。


翌日、運動場で、壁際に立ってぼんやりしている阿久津を見つけた。

「お疲れ様です」と声をかけると、空を向いていた目線をずらして、挨拶を返してくれる。

とりあえず、他の受刑者たちの邪魔にならないよう、横に並んだ。

「宮木さんの同房だった人な。前の工場で、一緒だったことがあるんだよ。お互い異動になったけど」

「そうなんですか」

「実業家か何かだったって言ってたな。宮木さんとは全然タイプが違うけど、すげえ仲良かったよ。宮木さんのほうが後から入ってきたんだけど、塀ん中入ってめちゃくちゃ不安で頼るもんも何もないときに、同房の奴がいい奴だったっていうのは本当、救われたと思うしさ」

あんなに何通も、届かないとわかっていて手紙を書き続けるほどだ。よほど仲が良かったのだろう。ここで生きるための、支えのようなものだったのかもしれない。

本人がいなくなってからも、手紙を書き続けることが、きっと今でも宮木の支えになっているのだ。彼の穏やかな表情を思い出して、そう思った。

「宮木さんは、手紙、出したくても出せないんですね」

なんとなく目で探すと、宮木は、ハンドボールなどの球技には加わらず、運動場のふちを沿うように歩いていた。公園を散歩しているような、ゆったりとした足取りだ。

「同じ房にいた友達だって言ってたのに、気づかなくて。考えてみればそうですよね、同房者に住所を教えたり聞いたりしちゃいけないって……」

「そうじゃない」

阿久津が、静かな口調で、山本の言葉を遮った。

目は運動場を歩く宮木に向けたまま、彼にしては珍しく少し迷うように黙った後で、口を開く。

「……その人は、脱獄した。だから、今どこにいるのか、生きているのかもわからない」

山本は思わず宮木を見た。

宮木は、半円状の運動場の円周の、半ばほどをのんびりと歩いている。

「脱獄が成功したのかどうかは、俺たちは知らされていない。ここに戻されてはいないけど、つかまったって、同じ刑務所には戻さないだろうし……テレビもラジオも、チェックが入るからな。情報は入って来ない」

刑務所内でもテレビは観られるが、視聴できる番組は限られているし、ニュース番組も録画したものを流すだけだ。受刑者たちに悪影響を与えたり、動揺させたりしそうな情報は、シャットアウトされている。

同じ刑務所から脱獄した受刑者についての情報など、他の受刑者たちに教えるわけがない。もしも逃げ延びていたとしたら、他の受刑者たちが「自分も」と思わないように隠すだろうし、失敗してどこかへ移送されたり、逃走中に死んだりしたとしても教えないだろう。

どちらにしても、きっと、彼と宮木はもう二度と会えない。

運動の時間の終わりを告げる、刑務官の声が聞こえた。

散らばっていた受刑者たちが集まり始める。

宮木は立ち止まり、コンクリートの高い塀を見上げていた。

夜、就寝前の自由時間。

宮木は壁際に、いつものように一人で座り、しかしいつもとは違って、本を開こうとはせず、ぼんやりしている。

山本が近づいていくと、顔をあげて、ほんの少し、困ったように笑った。

「阿久津くんから聞いたの？」

本人のいないところで勝手に過去の話を聞いてしまったことは、少し心苦しい。

頷くと、気にしないでいいというように微笑まれた。

促されて、隣に座る。

「彼はね、相当長期の懲役を科されていたんだけど、自分は何もしていない、冤罪だと言っていた。私には打ち明けてくれたんだ。無実の罪で収容されたのに、諦めてただ時間が過ぎるのを待つなんて嫌だって、いつも話していたよ」

優しい先生がいじめられっ子の生徒に話すような口調で、宮木は話し出した。

話しながら、懐かしそうに目を細める。

「どうやってここから出るか、そんな話ばかりしていた。映画みたいで、聞いているだけで子どもみたいにわくわくしたよ。勿論、脱獄は犯罪だから、実行したら罪を重ねることになるし、そうそう成功するわけないってこともわかっていたけど……話したり、想像したりするだけでも楽しかったんだ。でも彼は、本気だった。本気で、脱獄の計画を立てていた」

そして実行したのだ。

彼が目的を達成できたのか、行きたかった場所へ辿りつけたのかは、わからない。

宮木がここにいる限り、それを知るすべはない。

「止められなかったこと……気にしているんですか」

山本の問いに、宮木は小さく首を振った。

「彼の意志は固くて、どんなに危険でもやりとげるつもりだった。止めることなんてできなかったよ。私は誰より、彼の決意を知っていたんだから——失敗したらもうここへは戻れない、死ぬかもしれない、そんなことは彼だってわかっていた。だから、私に言えることは何もなかった」

自分の後悔はそこにはないのだと、やんわりと否定して、一度目を閉じ、ゆっくりと開く。

「彼は私に、一緒に来ないかと言ってくれたんだ。……私も、裁判の結果に納得していなかったから」

はっとした。

宮木も山本の反応に気づいたらしく、一度目線をこちらへ向けて、何かを諦めたような目でまた笑った。

「逮捕されて、起訴されて、刑務所に入れられて。妻は私を置いて去ってしまったし、仕事も失った。間違った裁判のせいだって、彼と何度も話をした。彼は、自分たちがここにいるのは間違いだ、間違いを正すためにここを出て行くのは正しいことだって言っていた。用意ができたときも、私を誘ってくれたんだ。……でも私は、一緒には行かなかった」

　贖罪の手紙だと言った、宮木の言葉の意味を知る。

　宮木は目線を前へと戻し、

「私たちは間違いで収容された。正義を行うためには自分たちで何とかするしかない。時間をかけても、計画を練って、必ず成功させる——そうやって、いつかの話をするのが楽しかった。映画の主人公みたいな、痛快な脱走劇を想像した。今思えば、あれは現実逃避みたいなものだったのかな。そういう話をすること自体が目的みたいになっていたけど、彼にとっては、それは夢物語なんかじゃなかった」

　私にとってはただのストレス解消法でもね、と自嘲気味に言って、また目を閉じる。

「今でも後悔しているよ。あのとき、うんと言えなかった。一緒に行けなかったことを」

　妻も仕事も失って、何もなくても、ただ一人、信じてくれた人がいたのに。

　自分を信じて、一緒に行こうと言ってくれたのに。

「私は彼が、とても好きだったよ」

　そう言って、黙っている山本のほうを見て——その顔を見て、宮木は眉を下げたまま笑った。

　山本くんがそんな顔をしなくてもいいじゃないかと、優しい声で。

「私の実家は横浜だって、それは教えてあった。住所の交換は禁じられていたけど、こっそりね。おおまかな住所は伝えていたんだ。海の見える公園がお気に入りだったってこととか……仕事がはかどるカフェがあるとか、色々教えた。二人そろって外に出る日が来たら、一緒に行こうと約束した飲み屋もあった」

もしかしたら彼がそれを覚えていて、行ってみたりしてくれているんじゃないかなと、よく考えるんだよ……と、穏やかな表情で続ける。

でもそこに私はいない。私はまだまだずっと、これから先も塀の中だ。

あのとき一緒に行かなかったから。

独り言のように呟かれた言葉はひどく悲しいのに、宮木の声も表情もあくまで穏やかで、山本のほうが泣きそうになる。

悲しむことも悔やむことも、宮木はもう何年も重ねてきたのだろう。そして今では、こんな風に、微笑みながら話せるまでになってしまった。

それでも忘れ去ることはできず、抱えたままでいる——自分から、忘れずにいようとしている。手紙を書き続けるのは、きっとそのためだ。

かける言葉が見つからず、山本はうつむく。誰に書いているのかなどと、何も考えずに尋ねたことを悔いた。

しかし当の宮木は気にした風もなく、そうだ、と呟いて自分の荷物に手を伸ばす。

トランクを開けると、まだ大分残っている便せんと袋入りの封筒を取り出した。

「はい」

にっこり笑って、山本に差し出す。

「山本くんにあげるよ。手紙、書き続けてくださいっていう、励ましのプレゼント」

戸惑っている山本に、ほら、と半ば無理やり受け取らせて、満足そうに頷いた。

からになった両手を膝の上に置いて、山本の目を見る。

「君の声は、まだ届くんだからね」

じわりと視界がぼやけて、またうつむいた。

大の男で、いい大人なのにと情けなくなるが、自分は泣いてばかりだ。

償うために入った塀の中なのに、こんな風に、たくさんの人に優しくされている。

深く傷ついたことのある人たちは皆、どこか淋(さび)しくて、優しかった。

宮木が笑いながら、手を伸ばしてなだめるように肩をさすってくれた。

6　北田楓

殺したことを後悔しているか、と阿久津に訊いたとき、阿久津は答えなかった。

その代わり、こう言った。

「それ聞いてどうすんの？」

どうするのだろう。

どうしたいのだろうか、自分でもわからない。

何度か同じ問いかけをしたが、答えは得られないままだ。

いつか答えてもらえるとも思っていなかった。問い続けずにいられないだけだ。

自分も、刑務官になった理由を山本に聞かれたとき、本当のことは答えなかった。

あの弁護士に言ったことも、嘘ではないが、すべてではない。

「彼に興味が湧いて」

「犯罪を犯す人のことを知りたかった」

その根底にある感情は、自分でも、つかみきれない。

(確かめたいのだろうか)

あのとき何もしなかった自分を正当化したいのか、それとも、その逆なのかもしれなかった。

阿久津のようにしていれば、何か変わっていたのか。

自分はどうすればよかったのか。

「北田」

菊川に呼ばれて振り返る。

受刑者宛の郵便物を入れたトレイが、菊川の前に置かれていた。

受刑者へ届いた手紙は、中身を確認した上で、受刑者に渡される。

配れということかと思い近づくと、菊川はその中から、一通をとって北田に示した。

「おまえから渡してやったらいいんじゃないかと思ってな。気にしてただろ」

何のことかわからないままに受け取って、目を落とす。

シンプルな白い封筒には、「山本芳史様」と、きちんとした字で宛名が書かれていた。


皆が運動場に出た後、自分も混ざろうとする山本を呼び止めた。

差出人として記されていた名前を告げると、山本の表情が変わる。

その名前の意味するところを、山本はわかっているようだった。

「この方から、手紙が届いています」

てがみ、と、子どものように北田の言葉を繰り返す。

「遺族の方ですね」

「……お姉さんです。被害者の方の」

山本がずっと、裁判中から、謝罪の手紙を書き続けていた相手だった。三人の遺族のうちの、一人。

北田も、投函(とうかん)を頼まれ山本から手紙を預かったことがあるから、名前は知っている。

北田が封筒を手渡すと、山本は無言で受け取った。そのままじっと、差出人の名前を見つめたまま動きを止めている。

「大丈夫ですか」

「あ、……はい。すみません。驚いて」

反応がないので声をかけると、はっとしたように顔をあげた。

それから、照れくさそうに頰をかく。

「返事をもらえるなんて、……思っていなかったので」

眉を下げた情けない顔で、それでも、嬉しそうに言った。

身寄りのない山本にとって、自分宛の手紙というものはそれだけで価値のあるものだろう。しかしそれ以上に、被害者遺族からのそれが、特別の意味を持つものだということは想像に難くない。

自分が殺めた男の、家族からの手紙だ。

単純に喜んで受け取れるものではないはずだが、山本は笑顔だった。

「ありがとうございます、北田さん」

「届けただけです。仕事なので」

思いがけず感謝の言葉まで告げられ、素っ気なくそう返した後で、

「……あなたを責める内容の手紙かもしれませんよ」

意地の悪い言葉かもしれないと思いながら、言った。

山本は穏やかに笑う。

「それでもいいんです」

その表情には、強がる様子も自嘲の色もなかった。

「読んでもらえていたとわかって……それだけで、嬉しいです。どんな内容でも」

そうだった、彼は最初から、赦されようとは思っていなかった。

謝罪の言葉を届けたいと願うことさえ、自己満足に過ぎないかもしれないと、理解した上で手紙を送り続けていた。

すぐには言葉が出なかった。

そうですか、と、掠れた声で応じて、それから、一呼吸置いて。

「よかったですね」

本心からの言葉だった。

山本は嬉しそうに、ありがとうございますと答えた。

受刑者たちの中にも、色々な人間がいる。

深く反省している者も、していない者も。

塀の中でもそうなのだ。外でも同じかもしれない。

監視役を交代し、待機室へと向かう。

毎日何往復もする、薄い灰色の壁に挟まれた廊下を歩きながら、北田の脳裏に、忘れたことのない少年たちの顔が浮かんだ。

あの事件の加害者少年たちは、今、全員が塀の外で、社会の中で、彼らの罪を知りもしない人たちに紛れて暮らしている。自分たちの起こした事件のことなど、もう忘れているかもしれない。

そして自分はこうして、塀の中にいる。

おかしな話だった。

彼らは起訴されなかったが、もしもこの刑務所に、あの少年たちが収容されていたらと、想像をする。刑務官と受刑者として、顔を合わせることになっていたら。

性犯罪者は、刑務所の中でも蔑まれる存在だ。受刑者同士でも、性犯罪者は低く見られ、疎（うと）まれる。

彼らと同じような罪を犯した受刑者は何人も見てきているが、彼らの多くは同房者たちにさえ、汚いものを見るような目で見られていた。

「北田刑務官。お疲れ様です」

廊下で会った西門医師に声をかけられ、挨拶を返す。

「先生、どちらへ？」

「これ、第二の、えーと何番だったかな、一四〇番か。一四〇番の田中って受刑者の薬。病舎に移すほどじゃないけど薬が必要なケースだったから、待機室へ届けに」

「預かります」

「お願いします」

刑務官の中にも、勿論北田の中にも、彼らに対する蔑みは存在していた。いつも。だからこそなおさら、悟られないよう、極めて公平に接した。

塀の中ですら蔑まれ、虫けらを見るような目で見られ、報いを受ければいいと思いながら。

「そうだ、河合がお世話になって。ありがとうございます。適切に指導していただいているって、とても感謝していました」

「ああ、河合刑務官は先生のお身内でしたね」

「ええ。やっと慣れてきたみたい。北田刑務官をお手本にしているみたいですよ。いつも冷静だし、公平だって」

「ただ、仕事をしているだけです」

「誰だって、初日は緊張するものなのに、北田刑務官はそれもなかったって、菊川刑務官も言ってましたよ。受刑者を、檻の中の猛獣か何かみたいに考えて、怯えたり、逆に虚勢を張ったりする新人もいるけど、北田刑務官は初日から冷静だったって」

「彼らだって、ただの人間ですから」

自分などよりよほど受刑者に分け隔てなく接している女医に一礼し、歩き出す。

「では、失礼します」

何年塀の中で過ごそうと、誰に冷たくされようと、誰に優しくされようと、犯した罪が消えることはない。

自分が薄汚い存在だと、何度でも思い知れ。

償うことのできない罪を知ればいい。

生涯自分を憎み続け、殺したいと願う人間がこの世のどこかにいるということを。
いつか誰かが自分を殺しにくるかもしれないと怯えながら生きればいい。
食べて、眠り、日々を過ごす、その中で、いつ訪れるかわからないそのときを待ち。
そしていつか後悔と恐怖に苛(さいな)まれ、震えながら死ねばいい。
人間らしく。

第四話　獣と目撃者――奥田佐奈／高塚智明

1 奥田佐奈

男は、太陽を背にして立っていた。

最初、逆光で顔はよく見えなかった。

ガラスが割れる音、ばらばらと、破片が落ちる音。悲鳴。

何だか現実味がなかった。

だからだろうか、恐怖は感じない。

父親の背後で男が、鉄パイプを持った手を振り上げる。

男は笑っているように見えたが、それは佐奈の思い込みかもしれなかった。

2 高塚智明

刑事弁護なんてやるものじゃない。

全く反省も後悔もしていない、凶悪犯の弁護ならなおさらだ。

寒々としたコンクリートの壁に挟まれた廊下を歩き、面会室へ向かいながら、高塚智明は胸中で呟いた。

刑務官に案内されて、面会室に入る。

入る前からうんざりしていたが、狭い面会室に入りパイプ椅子に座るとさらに気が滅入った。

今日の面会相手、赤崎桐也と初めて会ったのは、拘置所の接見室でだった。

刑が確定した人間を収容する刑務所とは違い、裁判を終える前の未決囚が収容される施設である拘置所は、弁護士にとっても馴染みのある場所だ。裁判の準備のため、刑事弁護人は何度も、自分の担当する被告人に会いに拘置所に通う。

かつて、裁判を控えて勾留されていた赤崎に会うため、高塚も、先輩弁護士について接見に行った。

高塚が所属している法律事務所は、企業法務が主な収入源で、事務所の事件として刑事弁護を引き受けることはほとんどない。しかし、赤崎の弁護は大口顧客からの依頼で、断れなかったのだ。

高塚の先輩弁護士が担当することになり、高塚はそのサポートについた。

事件の概要はこうだ。

住所不定無職の二十五歳、赤崎桐也が、四十八歳の会社取締役奥田久雄（ひさお）宅に侵入し、家の主（あるじ）を刺殺。死亡推定時刻前後に被害者宅から赤崎が出て来るのを、隣人が目撃している。

凶器は見つかっていないが、赤崎が被害者の傷痕から割り出された凶器の形状に一致するナイフを持ち歩いていたことは関係者の証言等から明らかになっており、赤崎は自分のナイフで被害者を刺した後、逃走途中でそれを捨てたのだろうと認定された。調べるうち、暴行、窃盗に始まり強盗、強盗傷害と、次々に余罪が出てきて、捜査は長引いた。裁判も長引いた。

結局、起訴されたすべての罪について赤崎は有罪となり、無期懲役を言い渡された。弁護人の腕が悪かったとは思わないし、裁判所の判決が不当だとも思わない。赤崎は裁判の間もまったく反省を示すことはなく、捜査にも、弁護活動にすら、協力的ではなかった。

もとより、死刑になってもおかしくない事案だったのだ。

本人がそんな調子だったから、控訴もされず、判決は確定し、事件は終結した。弁護士はお役御免となり、赤崎は刑務所に収容されたわけだが、この先何十年もあの赤崎の面倒を見続けなければならない刑務官たちはたまったものではないだろう。法廷から出て行く赤崎を見送ったとき、高塚はひそかに、顔も知らない彼らに同情したものだ。

判決が出て刑が確定したら、弁護人の仕事はもうない。

弁護人が被告人の面倒を見なければならないのは、裁判が終わるまでだ。打ち合わせのため接見を重ねるのも、相手が「被告人」である間だけ。刑が確定して「受刑者」となればもう、相手は刑務所に移され、弁護士が会いに行く理由もなくなる。

だから、高塚も、つい先日まで、刑務所に足を踏み入れたことはなかった。

自分が担当した事件の被告人が受刑者になってからも、個人的に気にして面会に行く弁護士がいないわけではないが、高塚は違う。

赤崎に思い入れなどない。

判決確定、収容、はいどうぞ後はお任せします。ああやっと肩の荷が下りた、と思っていた。

それなのに何故、今こんなところにいるのかというと。

「また来たのかアンタ」

第一審で赤崎の弁護を依頼してきた大口顧客が、今度は再審請求をしてほしいと言ってきたからだ。

アクリル板の向こうのドアを開け、入ってくるなりそんなことを言った赤崎を見やり、

「来たくて来たわけじゃないよ」

やる気のない声で返す。

高塚としては、できれば二度と関わりたくないと思っていたが、大口顧客からの依頼とあれば、事務所として断るわけにはいかなかった。

一審の弁護を担当した先輩弁護士は独立して事務所を辞めてしまっていたので、高塚にお鉢が回ってきたのだ。

赤崎は興味を惹かれたように片方の眉をあげる。

そして、腰を下ろしかけた椅子から急に立ち上がり、ガンと拳でアクリル板を叩いた。

立ち会いの刑務官がすぐに動いて赤崎の肩に手をかけたが、赤崎はそれ以上暴れる様

子もなく、動きを止めている。

危険性はないと判断したのか、刑務官は赤崎の肩から手を放した。

「つまんねえな」

赤崎はアクリル板に拳を叩きつけた姿勢のまま、もたれかかるようにして、じっと高塚を見ながら言う。

「怖がらねえのか」

怖いに決まっている。

弁護人が弁護する相手を怖がっていると気取（けど）られればなめられるから、平気なふりをしているだけで、できれば今すぐ逃げ出したい。

この獣のような男が、高塚はまったく理解できない。

理解できないものに対して恐怖を感じるのは、人間として当たり前のことだ。恥じる気持ちもない。

ここでこうして赤崎に向き合っていられるのも、アクリル板が頑丈だとわかっているからだ。

もしも再審開始が決定したら、こいつと法廷で会うことになるのか。嫌だな。仮釈放とか一切なしで、一生刑務所にいてくれないかな――などと、高塚はポーカーフェイスを保ちながら、弁護人にあるまじきことを思った。

高塚は一流大学を卒業し、司法試験に一発合格し、現在はそこそこ名の知れた大手の法律事務所に勤務している。一般的には、エリートと言っていいだろう。

本来なら、仕事を選べない弁護士ではない。刑事事件なんて、負担ばかり重くて割に合わない仕事は、受けなければいいだけの話だった。

それなのに、よりにもよって、ニュースに名前が出るような凶悪犯の弁護を引き受けるはめになるとは。それもこれも、赤崎に信頼できる弁護人をつけてやろうなどと考えた、酔狂な依頼人のせいだ。

依頼人が、何故赤崎などのために高額の弁護士費用を払うつもりになったのか、高塚にはわからない。理解の範疇(はんちゅう)を超えていた。身内ならともかく、自分と何の関係もない、それも、あんな凶悪犯のために。まして——

「お疲れ様でした」

面会室のドアを閉め、廊下に出ると、眼鏡をかけた刑務官が抑揚のない声をかけてくる。

姿勢が良く、表情に乏しいのでまるでロボットのようだ。

北田楓。

彼は六年前、まだ高塚が司法修習生だった頃、修習先の事務所で一度だけ会った、被害者側の関係者だった。

確か当時は、まだ学生だったはずだ。

つい先日、赤崎と同時期に入所した別の受刑者に面会して話を聞くことになった際、立ち会いの刑務官として現れた彼を見たときは驚いた。こんな偶然があるのかと——しかし、あの事件がきっかけで彼が刑務官になったのだとしたら、あながち全くの偶然とも言えないのかもしれない。

時に犯罪は加害者と被害者だけでなく、関わった人間の人生を大きく変えてしまうものだ。

後味の悪い、事件だった。

高塚はあれから数え切れないほどの仕事をこなしてきたし、今もかなりの数の案件を抱えている。事件が終われば、依頼人の顔すら薄れていくのに、単なる関係者の顔など、いちいち覚えていられない。

それでも高塚は、六年前に会ったきりの、彼の顔を覚えていた。

高塚にとっても、それだけ、その事件は印象深いものだった。

高塚が師事した修習先の弁護士は、高塚とは違い、理念のために金にならない仕事にも熱心に取り組む弁護士で、刑事弁護にも積極的だったが——それでも、あの事件の後は、沈んでいたのを覚えている。

〈高校生の女の子強姦して反省もしていない金持ちのドラ息子を弁護して、示談にして不起訴に持ち込んで謝礼を受け取って、その挙句、被害者に自殺なんかされた日には

ね)

刑事弁護は性(しょう)にあわないと、あの頃から感じていた。

刑事弁護こそ弁護士の本分である、と言う弁護士もいる。金には換えられないやりがいがあると、社会正義の実現こそが弁護士の使命なのだと――しかし、何をもってやりがい、使命とするのか、高塚にはよくわからない。

無実の人を救うことか。しかし、現実の裁判で被告人が無罪を主張することは少ないし、その中でも本当に無実の人間なんて、ほんの一握りだ。裁判でそれが認められるケースはさらに少ない。

公正な裁判を受けることは被告人の権利であり、そのために専門家によるサポートが必要であることはわかっている。被告人の人権のため、刑事弁護が重要な役割を果たしていることも。しかしそれは、被告人にとっての、あるいは制度としての刑事弁護の重要性に過ぎない。弁護士にとっての刑事弁護の意味とは、別の話だった。

被告人の反省を促す、更生を手伝う、適切な罰を受けさせる。建前としてはそうだ。実際に、そう信じて金にもならない刑事弁護に情熱を注いでいる弁護士もたくさんいるだろう。しかし高塚にはピンとこない。

冤罪どころか、反省すらしていない被告人を弁護しなければいけないことはざらにある。無実と信じているわけではない相手の弁護をして、無罪を主張することもある。高塚は、仕事は仕事と割り切っているので、いちいち葛藤(かっとう)などしないが、正義のために弁護士になったという弁護士は、そのことに疑問を抱かないのだろうか。

被告人は本当に更生するのか、自分にそうさせることができるのか、そう信じられる被告人が何人いるのか。たとえばあの赤崎について、「被告人は反省しています、だから減刑を」なんて、どんな顔をして言えというのか。

(言えるけどね)

心にもないことでも、仕事だからと割り切って言えてしまう、自分はそういう弁護士だ。

民事事件でも刑事事件でも同じこと、本音と建前の世界に慣れ切っている。

タクシーの中で赤崎の事件記録をめくりながら、ふと、赤崎のことを訊くために面会した、若い受刑者のことを思い出した。山本、と言ったか。そういえば彼は、他の多くの「元被告人」たちとは違っていた。

多くを語らなかったが、彼は、高塚から見れば重すぎるように思える刑に不満も抱かず、自らの引き起こした結果をすべて自分の責任として受けとめ、罪を償おうとしているように見えた。刑務官たちに聞いたところによると、彼は服役してからもずっと、被害者遺族に手紙を書き続けているという。

(でもあれも、レアケースだよなあ)

聞いたときには少し驚いた。こういう受刑者もいるのかと思った。しかし、彼を稀な存在だと感じた、それこそがつまり、いかに反省のない犯人が多いかということを物語っているわけで——例外が一件あったからといって、刑事弁護にやりがいを見出せない高塚の現状が変わるわけではない。

（あんな被告人だったら、もうちょっと頑張ろうとかいう気にもなったのかもしれないけど）

自分がこれから弁護しなければならない相手は、あの赤崎だ。反省しているかなんて、訊くのも馬鹿馬鹿しい。

そして、赤崎が反省していようといまいと、今となっては関係ない。裁判はもう終わってしまった。

終わった裁判をやり直す再審請求なんて、よほどの理由がなければ認められない。すでに確定した判決を覆すほどの、決定的な新証拠でも見つからない限りはまず無理だろう。

（ま、金もらってるからいいけど）

再審請求が難しいことは説明済みだ。赤崎の支援者は、その上で彼の弁護をしてくれと言うのだから、高塚は言われるまま、再審請求に向けて必要な活動をするだけだった。それが必ずしも結果にはつながらなくても。

赤崎などのために高額の弁護士費用を負担しようという支援者の考えはまったく理解できないが、高塚にとっては支援者の意図などどうでもいい。高塚はプロだ。相手がきちんと契約に基づいた金額を支払ってくれるなら、自分も一流の弁護活動を保証する。

ただし費用の出所については、弁護士会には知られたくなかった。

（別に違反じゃないと思うけど、うるさそうだしな。理解できないだろうし）

高塚にだって理解はできない。

理解できるかどうかと依頼を受けるかどうかを、切り離して考えているだけだ。

赤の他人、それも、あの獣のような男に——まして、本当なら恨むはずの相手のために、費用を出そうという人間がいるなんて、信じられなくて当然だった。

弁護士費用を全額持つからと、赤崎の弁護を高塚の事務所に依頼してきた彼の支援者は、奥田水緒。赤崎が有罪となった事件で殺害された、被害者の妻だ。

+++

弁護士に金を払い雇う「依頼者」が、実際に弁護を受ける被疑者・被告人と同一ではないことは珍しくない。たとえば、息子の弁護を親が依頼する、とか、従業員の弁護を会社が依頼する、とか、そういうことは少なくない。

そして、依頼者と、弁護する相手である被疑者・被告人の利害が対立した場合——その対立が予想される場合は、弁護士は、そもそもその依頼を受けるべきではないという考え方がある。むしろ弁護士会では、そういう考え方が主流だろう。

後に利害の対立が現実化したときに、公平さを疑われないように、トラブルになりかねないような受任の仕方は避けるべきという考えだ。

利害が対立したときは弁護人は依頼者ではなく被告人のほうの味方になることを、双方に了承してもらった上で受任するのであれば問題ないという考え方もある。今回は、そうやって受任した。

生前の奥田久雄は大口顧客で、その財産や彼の様々な権利を相続した妻からの依頼を、無下に断れないという事情が事務所側にはあった。とはいえ、事務所が顧問を務めていた顧客を殺害した相手の刑事弁護を、事務所全体で受任というのは外聞がよくないと思ったのか、所属弁護士が個人で受任する形をとったわけだ。実質は同じことだし、弁護士会に知られた場合の風当たりも特に変わらない気がするが、せめてもの悪あがきだろう。

高塚としては、契約通りの着手金と報酬がもらえれば不満はない。仮にどこかから話が漏れて、一部の弁護士から後ろ指を差されようが、かまわなかった。もともと、利益優先の弁護士だと、白い目で見られることは少なくない。

奥田水緒の行動に疑問はあったが、それ自体は受任しない理由にはならなかった。高塚にとって問題なのはむしろ、この上なく弁護しにくい、赤崎という男の性質のほうだ。

しかし、彼女の意図が気にならないわけではない。

熱心なやり手の弁護人に就かれては困るから自分の息のかかった弁護士を、という思惑かと最初は思ったが、話しているうち、どうもそうではないらしいとわかった。

彼女は自分の夫を殺した男への、誠実な弁護活動を望んでいた。

「高塚です」

『お待ちしておりました。すぐ参ります』

チャイムを鳴らすと、インターフォンごしに水緒の声が応じてくれる。

依頼人と会うときは、事務所まで出向いてもらうのが通常だが、事件の起きた現場をもう一度見ておきたいと思い、今日は高塚のほうから被害者宅を訪問することにした。

以前にも、一審を担当していた先輩と一緒に来たことがあるが、細部までは覚えていない。そのときはまさか自分が担当することになるとは思わなかったから、それほど真剣には現場を見ていなかった。

被害者が殺害された犯行現場は、郊外にある被害者宅の庭だ。リビングに面した、洗濯物を干せる広さの空間で、塀に囲まれていて外からは見通せないが、リビングと、外門をくぐった玄関脇の小道から入れるようになっている。

外門は格子状の鉄扉(てつぴ)を組み合わせたもので、乗り越えようと思えば乗り越えられる高さだ。鍵もかかっていないようだった。庭への野良犬の侵入くらいは防げるかもしれないが、防犯としてはあまり役に立たない。

「すみません、ご足労いただいてしまって」

水緒が外門を開け、出迎えてくれる。

初めて会ったときから、彼女の印象は変わらなかった。ほっそりとした美人で、控えめで、社長夫人らしい上品さはあるが、派手な感じではない。もとは奥田家の家政婦だったと聞いたときは、なるほどと思った。

結婚してからも、関係はあまり変わらなかったようだ。

彼女は夫に対して、主に対するように接し続け、逆らうことなど考えもしなかったと言っていた。

生前被害者は、酒を飲んで彼女に手をあげることもあったらしい。しかし、通報の記録はない。

静かな郊外の住宅街だ。悲鳴をあげれば隣の家に聞こえるだろうと思ったが、以前高塚がそう言ったら、水緒は「日常茶飯事でしたから」と目を伏せて微笑んだ。奥田の機嫌が悪く、怒鳴られたり暴力をふるわれたりしたときは、翌日水緒が両隣の家へ、騒がしくしてすみませんと謝りに行くのが常だったという。

「暴力と言っても、殴ったり蹴ったりされることは多くなくて、手近にあったものを投げたり蹴ったりして壊す程度だったんです」

隣人たちには気の毒がられたが、通報はしないでほしいと頼んだので大事になることはなかったと、水緒はそう言っていた。

だから事件が起きたときも、揉める声が聞こえても、誰も駆けつけてはこなかったのだろう。

事件当日、いつものように奥田が水緒を叱りつけているのだろうと思い、心配しながら奥田家の様子を見守っていたという隣人は、外門から赤崎が出てきたのを目撃していた。そのとき赤崎がナイフを持っていたかどうかまでは、目撃者は覚えていなかったが、折り畳めばポケットに入るサイズのナイフだから、その点が問題になることはなかった。この目撃証言は、赤崎を犯人であると裁判所が認定するに至った有力な証拠の一つだ。記録の中に綴じられた調書は、高塚も確認済みだった。

水緒に、リビングへと案内される。

二人がけのソファに座ると、水緒が四角いトレイにのせて紅茶を運んできてくれた。

リビングは一方の壁一面が窓になっていて、犯行現場となった庭が見通せる。

確か調書では、二階にいた水緒と娘の佐奈は、物音を聞きつけて下りてきて、このリビングに入ったところで、庭で倒れている奥田を発見した……ということだったはずだ。

父親の死体の第一発見者となったのは娘のほうで、ショックのせいか何も覚えていない。もしかしたら、犯人と鉢合わせしていた可能性もあると考えて、警察は何度も聴取を試みたらしいが、結局彼女は何も思い出さなかった。

水緒のほうは、夫の死体しか見ていない、リビングへ下りてきたときは、犯人はすでに立ち去った後だったと供述している。

結果として、犯行そのものについての目撃証言は得られず、どういった経緯で赤崎が奥田を殺害するに至ったのかは明らかになっていない。しかし現場のいたるところに赤崎の指紋や靴跡が残っていたし、被害者の傷と一致するナイフを赤崎が所持していたことや、犯行現場から立ち去る赤崎の姿が隣人に目撃されていたことから、赤崎を犯人と認定する証拠は十分だった。

赤崎には奥田を殺す動機がないと、弁護側は主張したが、認められなかった。それについては高塚も、無理もないと思っている。

赤崎に動機を求めるほうがどうかしている。あの男は獣だ。

道ですれ違っただけの男をナイフで切りつけた、駐車してある車を鉄パイプで叩き壊し、その持ち主も同じ凶器で殴った。奥田の事件のほかにも、赤崎には山のような余罪があった。

その一つ一つについて動機を訊かれたとき、赤崎はうるさそうに、興味なさげに、あるいは、薄笑いを浮かべて——そんなもんねえよ、と言ったのだ。

「赤崎に面会に行きましたが、相変わらず、協力的な態度ではありません。まあ裁判はもう終わっているので、本人の反省の有無が問題となる段階ではないんですが」

ソファの横のカーペットの上に膝をついて紅茶を出し、そのままの姿勢でいる水緒に、どうぞ座ってくださいと対角の位置にあるソファを示す。

自分の家だというのに、水緒は申し訳なさそうに浅くソファに腰をかけた。その仕草が、彼女の、奥田との結婚生活を物語っていた。

「ご存じかもしれませんが、再審請求というのは難しいんです。控訴とは違って、よほどのことがなければ、再度の裁判というのは認められません。一度確定した裁判を、もう一度やり直すわけですから、それだけの理由がないと」

　裁判結果に不満があれば、上級の裁判所に訴えて、新たな判決を求める控訴ができる。一審の裁判所が事実について誤った認定をしている場合や、宣告された刑が不当な場合にも控訴することができるが、控訴ができる期間は、一審の判決書を受け取ってから二週間と限られている。この期間内に控訴をしないと、一審の判決は確定してしまい、再度裁判をしてもらうためには、再審請求をするしかなくなる。

　しかし、控訴と違い、一度確定した裁判のやり直しを求める再審請求は、そう簡単には認められない。刑が不当に重いとか、証拠について判断ミスがあったという程度では、再審を認める理由にはならないのだ。

「たとえば、裁判中は明らかになっていなかった重要な事実が判明したり、新しい重要な証拠が出て来たり、そういうことでもなければ。それも、それらが裁判の結果を覆すようなものでなければ再審の門は開きませんから、相当ハードルは高いです」

　赤崎がとても反省している、ということを示す証拠を今さら出しても、それなら無期懲役はかわいそうだから裁判をやり直しましょう、ということにはならない。現場の指紋は実は別人のものだったとか、犯行時刻に赤崎にはアリバイがあったとか、再審のきっかけとなるような新証拠は、一審の認定の根拠を根底から覆すようなものでなければ足りない。

　そして今回の事件においては、到底そんなことは望めなかった。

「このままでは、再審は非常に難しい状況です」

高塚が言うと、水緒は、わかってはいたけれど、というように目を伏せる。

そうですか、と呟いたその表情には、失望だけでなく、何か複雑な色があった。

「勿論、再審へ向けて証拠収集に励みますが、先が見えない戦いです。何より、赤崎自身に協力する気がないのが痛い」

高塚は淡々と説明した後、そこで一旦言葉を切り、

「貴女（あなた）はどうして、赤崎の弁護費用を？」

質問を滑りこませる。

前任の弁護士から聞いてはいたが、納得はできなかった。納得できなくても仕事をすることに変わりはないのだが、訊かずにいられなかった。

前にもお答えしましたけれど、と言い置いて、水緒は口を開く。

「夫の事件について、きちんとした裁判をしていただきたかったからです」

理由になっているようでなっていない。高塚が知りたいのは、何故、被害者の妻である彼女が、加害者の赤崎に「きちんとした裁判」を受けさせたいと思ったのかということだ。夫の死に関して事実を明らかにするために、納得のいく裁判にするために、という考え自体はなんとか納得できないこともないが、再審請求までとなると話は違ってくる。

可能な限りの弁護活動を経て、事実を明らかにした上で、赤崎は有罪となったのだ。

高塚から見ても、裁判におかしなところはなかったと思う。それなのに、裁判をやり直す手続きのために費用を負担するというのは、被害者の妻の行動としては、不審としか言いようがなかった。

彼女の行動は、まるで、赤崎を助けようとしているように見える。

しかし今、それを指摘することに意味はなかった。どうせ指摘したところで、否定されて終わりだ。

そのことには触れないまま、話題を変える。

「赤崎は、以前にも一度、ご主人に暴行を働いていますね。それも、この家に侵入した上で」

「はい」

奥田は、殺害される前にも一度、赤崎に頭部を鉄パイプで殴られ、病院送りになっている。殺害事件の、二週間ほど前のことだ。そのときに使用された凶器は現場に打ち捨ててあったのが発見されており、赤崎の指紋も残っていた。

水緒は、そのとき現場に居合わせたはずだった。

「あの人……赤崎さん、とは、その事件のときに、初めて会いました。会った、と言っていいのかわかりませんが……私が主人を怒らせてしまって、その、……叱られているときに、庭からあの人が入ってきたんです」

膝の上に重ねた両手を置き、視線はその手の上へ落として、続ける。

「びっくりしました。ちょうど、この辺りです。窓を開けて、靴を履いたまま、庭からリビングへあがってきて……手に持っていた鉄の棒で、いきなり夫の頭を殴ったんです」

叱られていた、と水緒は表現したが、このとき彼女が奥田に暴力をふるわれていたらしいことは聞いている。救急車に同乗して病院まで行った彼女自身の顔や脚には、痣や殴られた跡があって、最初、それも暴漢の仕業かと医師たちは思ったそうだ。水緒自身がそれを否定し、被害届を出すことも拒否したため表沙汰にはならなかった。しかし、彼女に怪我を負わせたのが夫の奥田だったことは間違いない。

期せずして、赤崎の襲撃は、夫の暴力から彼女を救うことになったわけだ。

「私、何が起こったのかわからなくて。呆然としていたら、あの人はそんな私を見て、食べ物を出せと言いました」

「……無茶苦茶ですね」

強盗には違いないが、いつの時代だ。

いきなり庭から侵入してきて鉄パイプで夫を殴り倒した男が、血に濡れた凶器を持ったまま目の前に立っているというのは悪夢のような光景だろうが、その男の口から発せられた要求が食べ物というのは、想像すると何ともシュールだった。

水緒は困ったように眉を下げる。

「正確には、食い物だ、とか、食い物をよこせ、とか、そんな感じだったと思います。

私が動けずにいると、勝手にキッチンまで行って、冷蔵庫を開けて、中から出したものを飲んだり食べたりし始めました。持っていた鉄の棒は、ぽいと投げ捨ててしまって」

彼女自身、そのときは相当混乱していたのだろう。本来ならば恐ろしい記憶であるはずだったが、赤崎の行動が無茶苦茶すぎるせいで、水緒もどんな顔で話したらいいかわからない様子だった。

「勿論私はそれどころじゃなくて、慌てて電話に飛びついて救急車を呼んで、外へ逃げて……救急車と一緒に警察も来ましたけど、その頃には、冷蔵庫の中のものを漁るだけ漁って、いなくなっていました。以前、どこかの避暑地の別荘が熊に荒らされた映像をテレビで観たことがありますけど、ちょうどそんな感じでした」

「あぁ……」

容易に想像できる。

「夫は軽い脳震盪を起こしただけで、幸いすぐ目を覚ましました。私は一度自宅へ戻って警察の実況見分に立ち会い、入院のために必要な準備をして病院に戻りました。その日は、私も病院に泊まって、娘はお友達のお家に泊めてもらうことになりました」

当然だろう。暴漢が侵入して荒らした家に、娘を一人残しておくわけにもいかない。

娘の佐奈は確か中学生だったはずだ。赤崎の襲撃時には外出していたそうだが、父親が暴漢に襲われたと聞いただけでも相当ショックだったに違いない。

その二週間後、同じ暴漢に父親が刺されることになるとは——そして自分がその第一発見者になるとは、彼女も思いもしなかっただろう。

赤崎の弁護人の立場としては、そんな話より、襲撃時の赤崎の様子や水緒が感じた印象等についてもっと訊きたかったが、あまり口数の多くない水緒が自分から話してくれているのに水を差すのはためらわれた。情報源であり、何よりスポンサーである彼女の機嫌を損ねたくはない。

「夫は大事をとってもう一日入院することになったんですが、退院予定日に出張の予定があるからと、仕事に必要なものを私が病室まで運びました。出張へは、退院後そのまま病院から出発できるように準備もして。一晩も家を空けるわけにもいきませんから、慌てて掃除をして、娘に連絡したり、病院と家を行き来したり……」

「大変でしたね」

できるだけ共感しているように聞こえる声で相槌を打つ。

赤崎の荒らしたキッチンや、土足で歩いたリビングの床を掃除するだけでも一仕事だったはずだ。それに加え、一日に病院と家を何往復もして、夫や娘にも気を配って、自分のショックも収まらないうちからくるくると働いていた彼女には感心する。

だから苦労話をしたがるのも当たり前だとは思うが、できれば弁護活動に有用な話を聞かせてほしいというのが本音だった。

高塚が内心を隠して気の毒そうな表情を作りながら、どのタイミングで話題を赤崎のことへ誘導しようかと考えていると、

「事件の翌々日のことです。出張する夫を病院へ見送りに行って、病室に置いてあった書類やノートパソコンを引き取って、家へ帰ってきたら……あの人、赤崎さんが、ダイニングで椅子に座って、食事をしていたんです」

水緒は淡々とした口調のまま、とんでもないことを言う。

え、と間抜けに声をあげ、思わず腰を浮かしかけた。

初耳だ。

「襲撃の後、……警察が実況見分を終えて引きあげた後で、また、戻って来たということですか？　赤崎が」

犯人は現場に戻る、とはよく聞く話だが、それにしても家の中まで入ってくる必要はないだろう。通報された翌々日に同じ現場で再度の犯行。にわかには信じ難い行動だった。

高塚が混乱しているのが伝わったのか、水緒は困ったように眉を下げてはい、と頷く。

「この家に行けば食べ物がある、と思ったのかもしれません。私が入って行っても、顔もあげずに食べていました」

まるで野良犬だ。

しかし、赤崎なら、ありえない話ではない。

高塚は息を吐いてソファに座り直した。

「そのとき家には、娘もいました。私より先に帰って来ていたんです。私と同じで、帰宅してダイニングに入ったら人がいたので驚いたんでしょうね。ダイニングの入り口の近くの壁に背をつけるようにして立ちつくしていました」

「……中学生の女の子には、ショックが大きかったでしょうね」

「私もそのときは背筋が凍りましたけど、赤崎さんは、娘には危害を加えなかったようです。食事の邪魔をしないならどうでもいいというような感じで……娘も、怖がるというより、珍しい動物を見るような目で彼を見ていました」

　水緒の目には、どこか困惑したような表情が浮かんだままだ。

「私は娘に、部屋に行っているように言いました。でも、娘は言うことをきかなくて……私を置いていくことに躊躇（ちゅうちょ）したんでしょう。電話をかけるためにはダイニングテーブルの前を通らなければいけないしどうしようなんて迷って……冷静に考えれば、携帯電話から通報すればよかったんです。でもそのときは混乱していて。そうこうしているうちに、赤崎さんはテーブルの上のものを食べ終わって、出て行ってしまいました」

「結局、通報はしなかったんですね？」

「はい……被害らしい被害は、いただきもののハムとか、作り置きのお惣菜（そうざい）を食べられてしまったことくらいでしたから。何だか、力が抜けてしまって」

　この、二度目の訪問については、裁判記録にも出ていなかったはずだ。一審を担当した先輩弁護士も、知らなかったのではないか。

「今の話、警察や、前の弁護士には……」

確認すると、水緒は思った通り、「していません」と首を振る。

「聞かれませんでしたし、事件とは直接関係がないと思ったので」

殺傷事件と直接の関係はなくとも、これほど強烈な体験を伏せておくというのがよくわからなかった。確かに、あらかじめ話してくれていたところで、赤崎の余罪が増えるだけなので、弁護側に有利な事情とも思えないが。

何か、しっくりこない。

弁護する対象である赤崎だけでなく、依頼者である水緒の考えていることも、どうにもよくわからなかった。

高い弁護料を払って高塚を雇ったこと自体もそうだが、そうまでしておいて、こうして情報をすべて明かさずにいたり――協力的なようで、深く踏み込もうとしないところがある。彼女が何をしたいのかが、つかめなかった。

「あの……自分でも、おかしいとは思うんですけど。私、あの人のこと、そんなに怖いと思わなかったんです」

ずっと伏せ気味だった顔をあげて、水緒が高塚を見る。

「おかしいですよね。すみません。夫を突然殴り倒すのを、この目で見たのに……でも、あの、私や娘には何もしませんでしたし……それに」

話しながら、声はどんどん細くなり、迷うように視線も左右へ動いた。やがて、せっかくあげた顔をまたうつむかせてしまう。

「妻としてひどいことを言っているのは、わかっているんですけど。夫に暴……叱られていた私を、助けてくれたみたいに見えたんです。勿論、あの人にそんなつもりはなかったんでしょうけど、一瞬、そう思ってしまったんです」

「………」

突然現れた凶悪な犯罪者を、一瞬でも救いと感じてしまうような状況下に、そのとき彼女はいたということだ。

おそらく日常的に夫に怒鳴られ、暴力を受けて、抑圧されていたのだろう。

社会的地位があり、部下の信頼も厚かったという夫から、暴力を受けていることを公(おおやけ)にはできなかった。誰かに助けを求めることが、できずにいた。

頼まれもしないのに他人の家庭に踏み込んできて、手を差し伸べてくれるような人間がいるわけもなかった。

そんなとき、暴力を受けていたまさにその瞬間に、突然現れて抑圧者を一撃のもとに排除した赤崎は、水緒にとって救い主に思えたのかもしれない。

しかしそれは、錯覚だ。

赤崎に、他人に共感する能力、他人の感情を想像する能力があるとは思えない。それどころか赤崎は、「こういうことをしたらどうなるか」というわずか先の未来を想像することすらできない、もしくは、しようとしない人間だ。自分を守るためにうまく立ち回る、それすらできない赤崎に、他人を助けるという発想があるとは到底考えられなかった。

おそらく奥田を殴ったことにも、高塚たちに理解できるような理由はない。せいぜい、通り道にいて邪魔だったからとか、いらいらしたからとか、その程度だろう。

しかし、結果として、水緒は暴力から救われた。

(それが理由か?)

夫を殺した赤崎に、彼女は感謝しているのだろうか。

だから彼のために弁護費用を払ったのだろうか?

「赤崎とは、親しくなったんですか?」

「いえ……ほとんど、話もしていません。でも、兄のことを思い出して」

「お兄さんがいらっしゃるんですか?」

それも初耳だ。弁護人は勿論警察も検察も、被害者遺族の家族構成までは調べないから当たり前だが。

「私が十代の頃に家を出て、行方不明になってしまって、それきりなんですけど」

水緒は頷いて、ゆっくりと一度、瞬(まばた)きをする。

その表情が、少し和らいだ。

「小さい頃、私が野良犬に吠えられて怖くて動けなくなっていたとき、兄が駆けつけてきてバットで犬を追い払ってくれたことがあったんです。それを思い出して、何だか……」

バットで犬を追い払うのと、鉄パイプで他人を殴り倒すのとでは大違いだ。

むしろ赤崎は野良犬のほうではないのか、しかも狂犬だ、と思ったが、ここは神妙に頷いておく。

高塚の本心に気づいたわけでもないだろうが、水緒はまたそっと目を伏せた。

「本当に、ひどい妻ですね。夫のこと、野良犬と同じみたいな言い方して」

「……そんなつもりではないことは、わかっていますから」

本当は、野良犬どころか、夫は彼女にとってモンスターだったのかもしれないとすら思ったが、理解のあるふりをして声をかける。

おそらく建前や気休めの言葉には慣れ切っているだろう水緒は、ただ、ありがとうございますとだけ言って、それきり黙ってしまった。

そういえば赤崎は、建前などというものとは一番遠いところにいる人間だ。

社会的地位もあり、他人に尊敬されている夫に暴力をふるわれ、自分自身も、外ではそれを隠して夫を信頼し支える献身的な妻として振舞ってきた彼女にとっては、裏も表もない赤崎が新鮮に感じられたのかもしれない。そうだとしても、彼女の行動については納得はできなかったが、すべての人間が論理的に行動するわけではない。

もしかしたら彼女自身も、理解などできていないかもしれない。

「ほかにも警察や私に話していないことがあれば、教えてください。何が今後の弁護活動のヒントになるかわからないので」

「……はい」

水緒は頷いたが、その声はどこか希薄だった。

物理的にではなく、遠ざかった、と感じる。

(もともと近かったわけでもないけど)

彼女に、心から信頼されていないのは気づいていた。いつも伏し目がちで、話すときはほとんど、目を合わせることもない。踏み込まれないよう安全な距離を保って、警戒しながら接している、そんな気配を感じていた。厚い扉の向こう側から、金と彼女が選んだ情報だけを手渡され、彼女自身の顔はほとんど見えない状態で、一方的に観察されているような。

それでもさっきは少し、扉の陰から顔をのぞかせてくれたような気がしていたのだが——それもつかのまだった。

彼女が何を思っているのか読めないまま、すっと内側から、音もなく閉ざされたのを感じた。

+++

赤崎は子どもの頃は施設にいて、肉親とは一緒に暮らしていなかったと聞いている。家族関係についてはあまり話題にならなかったが、確か、一人っ子だったはずだ。

水緒と会った後、事務所へ戻り、ファイルの中から赤崎の戸籍謄本を見つけ出して確認する。

記憶していた通り、赤崎に妹がいるという記載はなかった。

（そうドラマみたいにはいかないか）

生き別れになっていた妹を助けるため、彼女に暴力をふるう夫を刺したのだとしたら……と一瞬頭に浮かんだのだが、考えてみれば、そもそも年齢が合わない。

生き別れになっていた兄を思い出した。助けてくれたような気がした。それだけで、夫を殺した犯人の弁護費用を出す理由になるだろうか。

恋人だった――のかどうかはわからないが、おそらくそうだろう――少女の自殺の原因を作った犯人を、「殺せばよかった」と言った、北田の言葉を思い出した。

彼が興味を持っているという阿久津真哉は、妹を殺した相手に、自分の人生をかけてまで復讐した男だ。

実行するかどうかはさておき、家族や大事な人を殺されれば、その犯人を殺してやりたいと思うのはおかしなことではないだろう。理解できる。

（というか、むしろそれが普通だよな）

水緒が何を考えているのか、わからない。

暴力をふるう夫は、彼女にとっては敵で、彼を殺した赤崎はむしろ恩人ということだろうか。

水緒の意図を考えることは、高塚の仕事ではない。ただし、それをつきとめることが、赤崎の弁護に役立つのであれば別だ。スポンサーは水緒だが、高塚はあくまで、赤崎の弁護人なのだ。

事件自体に、不審な点はない。複雑な人間関係ものっぴきならない事情も、背景にはない。犯人は赤崎で、犯行動機は特になし。強いて言えば、そこに被害者が立っていて邪魔だったから。その程度の理由で人を殺してしまえるのが、赤崎という男だ。

赤崎の思考が理解できないだけで、事件自体は単純すぎるほど単純だった。指紋や目撃情報等、直接的ではないにしろ、証拠もそろっている。

報道のせいで赤崎の印象が最悪だったことを差し引いても、裁判所が赤崎を犯人と断定したのは妥当と言わざるを得ない。

しかし、気になることが二点ある。

そのどちらも、解明できたからといって、裁判の結果が変わるとは思えない、全体から見れば些末かもしれないことだ。しかしどうせ再審など、よほどのことがなければ認められないし、その「よほどのこと」——他に真犯人がいたとか、赤崎にアリバイがあったと発覚したとか——が実現可能とも思えない状況なのだから、役に立つかどうかはさておいて、自分が気になることから調べても問題はないだろう。

一つ目は、水緒が赤崎のために費用を出す理由だ。

この世に、無関係な人間のために労力を割き、大金を払う人間がいるということは高塚も知っている。冤罪事件の被疑者の支援団体も、複数存在する。しかし冤罪を主張していない事件の被疑者支援団体など聞いたこともないし、赤崎はその中でも特に同情の余地のない男で、まして水緒は、被害者の妻だ。

いくらひどい夫でも、結果的に、事件によって彼女が解放される結果になったのだとしても、被害者の妻が犯人のために弁護士費用を出してやるというのは尋常ではない。彼女と赤崎の間には何かあるのではないかと、勘繰(かんぐ)ってしまう。

もう一つは、凶器のことだ。

奥田久雄の殺害に使われた凶器は、今も見つかっていない。

犯人が逃走中に捨てたと思われ、赤崎が身柄を拘束されたときも、所持品の中に凶器はなかった。

赤崎が日頃から折り畳み式のナイフを持ち歩いていたことは、数々の目撃証言から明らかになっている。それも、柄の部分が鹿の角を削って作られた外国製で、国内で扱っている店は一店舗しかない珍しいものだ。高価な品で、赤崎が所持していたものは、勿論盗品だった。唯一の取扱店から、赤崎がナイフを盗む一部始終が、店内に設置された監視カメラの映像に残っている。

赤崎が監視カメラなど気にするわけもなく、顔も、叩き割ったガラスケースの中からナイフを奪っていくところも、ばっちり映っていた。つまり、赤崎がそのナイフを所持していたことについては、はっきりとした証拠がある。

そして、同じ店舗にもう一本だけ残っていた、同じタイプのナイフは、警察に提出され、その形状も刃渡りも、被害者の傷痕と一致することが確認された。

国内に二本しかないナイフのうちの一本が凶器として使われ、それを所持していた赤崎の指紋が事件現場から採取され、さらに、事件直後に現場から立ち去る赤崎の姿が目撃されているとあっては、弁護側としては、どう言い訳しても苦しい。

たまたま海外で同じタイプのナイフを購入した人間が殺した、という可能性は限りなく低いし、赤崎を陥れようとした誰かの仕業という反論も現実味が薄い。赤崎の余罪の数を考えれば、彼を恨む人間は多いだろうが、被害者たちは皆「どこの誰かもわからない通り魔」を恨むのであって、彼らは赤崎の名前も知らず、どんなナイフを持っているかなど知るはずもない。陥れたくても、そうしようがないのだ。

赤崎はそもそも人間関係を築かずに生きてきているから、誰も、彼個人を知った上で恨むところまでいかない。赤崎と遭遇した人間は、動物に咬まれたり事故にあったりした場合と同じように、不運を嘆き怯えて終わる。

それらの事実が導く答えは、簡単だ。犯人は、赤崎しかいないのだ。

赤崎自身、それを隠そうともしていない。

しかし、何故か、凶器だけが見つかっていない。

それが、高塚にはよくわからない。

普通の感覚なら、犯人が犯行に使った凶器を処分するのは当たり前だ。しかし、赤崎は普通の感覚の持ち主ではない。監視カメラにも指紋にも目撃されることにも無頓着だった男が、何故、凶器だけ処分したのか。

ただの気まぐれかもしれない、特に理由なく人を殴るのと同じで、理由もなく捨てただけかもしれない。考えても無駄かもしれないが。

(あの獣の考えることなんてね)

しかしそれでも、なんとなく引っかかる。それをそのままにしておくのは、気持ちが悪い。

考えてもわからないことは、本人に訊くしかない。

+++

阿久津や山本にも、正直、理解に苦しむところはある。

自分の人生を棒に振ってまで、家族の仇に復讐をするという選択も、言い訳もせずすべての罪を認めて、重すぎるように思える罰をただ受け入れるという選択も、高塚には一生不可能だろう。聞いたときは、馬鹿じゃないのかと思った。

しかしそれは、自分ならそうしないだろうというだけで、赤崎に対して感じる気味の悪さ、恐怖さえ伴うような「わからなさ」とは違う。

自分の人生よりも大事な人間を失えば、人はそういう行動に出るのかもしれない。自分の人生より、人の命を奪ったこと、そのために償うということのほうが大事だと考える人間も存在するのだろう。

共感はできないが、想像することはできる。

しかし赤崎にいたっては、想像することすらできない。思考を辿れない、最初のとっかかりすらつかめない。

目についたから殴り、気が向いたから蹴り、気に入ったものを奪う。自由、と言えば聞こえはいいが、本当に何にも縛られない生き方というのは、異常だ。

社会不適合者の一言では片づけられない、社会の一員としてのルールがどうという以前に、人間として、生き物として、自分を守るために必要なものが欠けている。

他人を思いやれない人間なら高塚も何人も見てきた。しかし誰だって、自分の身は可愛い。だから揉め事を避け、言い訳をしたり、逃げたりする。赤崎はそれすらしない。保身のために何かするという発想自体がないからだ。

気が向くままに行動する。そのときの気分で壊し、奪い、平気でいる。

破壊は生きるために必要な行為ではないから、それは本能ですらない。

その瞬間の衝動だけで、赤崎は動いている。

考えもせず動く人間の思考は読めない。辿りようがない。

理解できないものに恐怖を感じるのは、人間として正しい、と高塚は思う。正体のわからないものには、近づかないほうがいい。自分を守るために備わった本能だ。

恐れることを、恥だとは思わない。

ただ、相手には悟られないほうがいいと戦略的に判断して、隠しているだけだ。

赤崎は獣だ。

獣に弱みを見せれば、食い殺される。

「どうぞ」

案内役の刑務官に先導されて歩き出す。

今日の案内役は、北田ではなかった。

女の子、と呼んでもいいような、若い女性刑務官だ。

管理業務の一部を民間に委託しているとはいえ、この刑務所で看守役を務める職員は皆、公務員だったはずだ。つまり、委託業務を受けている企業に就職したらたまたま刑務所に配属された、というわけではない。わざわざ刑務官採用試験を受けて刑務官になったということだった。

北田のように、大学院にまで進んでおいて刑務官になった人間もいる。一口に刑務官といっても多種多様だということは高塚も知っている。しかし、制服を着ていてもわかる華奢な身体は、いかにもこの場所にそぐわなかった。

彼女にも、何か事情があるのだろうか。

「あれ以来、被害者は出てない？　咬まれたとか引っかかれたとか」

長い廊下を歩きながら、前を歩く彼女に声をかける。

彼女の顎が少し動いた。振り向こうかどうしようかと、迷ったような動きだった。

「大変でしょ、あんな獣の相手するの」

かまわず続けて話しかけたら、ちらりと目だけで振り向いて声が返ってくる。

「……先生こそ、でしょう」

「まあね、一応言葉は通じるけど、本当の意味で通じてるのかわからないからね。壁があるから咬みつかれる心配はないけど」

高塚は安全なところにいるからなんとか向き合えるが、刑務官たちはあの獣に、アクリル板ごしでなく接しているのだ。それも、毎日。彼らのほうが、直接的な危険は大きいだろう。

「刑務作業もしてないんでしょう」

「暴れるので……」

「ほとんど懲罰房にいるって聞いたけど」

女性刑務官は歩みを止めないまま、ためらいがちに頷いた。

赤崎の弁護人である高塚に、気を遣っているのかもしれない。しかし不要だ。受刑者の人権問題は確かに弁護士会でもよく取り沙汰されるが、あの獣相手にそんなことを言っていられないのは、高塚もわかっている。赤崎の人権以前に、周りの人間たちの安全が心配だ。

「あいつ裁判のときも大暴れして、期日が流れたことがあったんだよねえ。もうさあ、猛獣用の檻にでも入れたほうがいいんじゃないの？　これ以上新しい事件起こされる前にさ」

赤崎に困らされているのは自分も同じだと、わざと軽い口調で言う。

刑務官は軽口には乗ってこなかった。

黙ったままで角を曲がって、面会室のドアの前まで来ると、

「人間です」

くすんだ薄緑色のドアの、鉄色のノブに手をかけて言った。

一瞬何のことかわからなくて、彼女を見る。

「理解できなくても、人間ですから」

ドアを開け、高塚を面会室の中へと促した。

表情は読めない。怒っているようにも、困っているようにも聞こえない。

高塚の発言をたしなめるというような意図もなく、ただ、思っていることを言った、という感じだった。

ふうん、と思いながら中へ入り、パイプ椅子を引く。

（人間、ね）

どうせ理解などできないと、そう思っていた。

赤崎がどうして罪を犯すのかなんて、わかろうとも思わない。獣の行動原理を、理解しようとするだけ無駄だ。

しかし、凶器を捨てた理由は気になった。

（確かに）

殺すところまでは獣でも、凶器を捨てたのは人間の行動だ。

金属製のドアが、背後で音を立てて閉まった。

そして目の前、透明な壁の向こうには、獣が座る。

＋＋＋

「何回も訊いたことだけど、もっかい訊くよ。凶器は？」

「知らねえ。落とした」

そんなわけあるか。

アクリル板ごしに睨んでも、赤崎はこちらを見てもいない。

「コミュニケーションとろうよもうちょっと。人間なんだからさあ」

ため息をつきながら言った。

「人間って社会的な生き物だよ、言葉というコミュニケーションツールこそが人を人たらしめてるんだよ」

おまえにはわからないかもしれないけど。

最後の一言は勿論、口には出さない。

「意味ねえだろ」

半分独り言のようなぼやきだったのに、思いがけず赤崎から声が返った。

自分と会話する気があるのかと、それからそこに反応するのかと意外に思って、けれど表情には出さず目だけをあげて赤崎を見る。

「何が。言葉が？　俺の商売道具なんだけど」

「確かに、アンタはよくしゃべるな」

「だからそれが仕事なの」

言葉は高塚の武器だ。そして盾でもある。

自分自身の脆弱さを、高塚は自覚している。それを補うための言葉だった。

そうして武装しなければ到底、この酷い世の中を生き抜くことなどできない。

こうして凶悪犯と、平気な顔をして向き合うことも。

「意味ねえだろ。どうせ作りもんだ」

「……へえ」

わかったようなことを言う。

おもしろくなって、高塚は右目を細めた。

獣のくせに。

「じゃ、何にリアルを感じるわけ」

おまえにとって意味があるのは何だと、意地悪い気持ちになって問いかけてやれば、

「触れるもんだ」

思いのほかあっさりと、赤崎が答えた。

「殴ったり、蹴ったりだ」

アクリルの壁のありがたみを、改めて実感する。面会室に仕切りがあって本当によかった。もしこの壁がなかったら、コミュニケーションの一環として殴られていたかもしれないわけだ。

やっぱり獣だ、と心の中で吐き捨てて、しかしさすがに口に出すのは控える。

「今さらまさかと思うけど、殴る蹴るがコミュニケーションの手段だなんて言わないでよ、迷惑すぎる」

頭痛をこらえながら言うと、赤崎は、何の話だかわからないというような顔をした。

「……まあそうだよね、忘れて」

歪(いびつ)な形でも、他人とコミュニケーションをとろうという意図があるのならまだいい。群れるという選択をとり得るなら、人として社会に属したいという欲求がわずかでもあるのなら、それが歯止めになる。そのために更生するという目標も設定できる。

それがないから、赤崎は獣なのだ。人が当然にブレーキを踏むところで、踏むべきブレーキがそもそもない。

赤崎は他者との――世界とのつながりを求めていないか、求めているとしてもその自覚がないのだろう。

要するに異常なのだ。

思考回路が通常の人間とは違う。前提も、過程も、すべてが違う。だから結論も違う。

理解しようというのが土台無理な話だ。

十分わかっていたはずなのに、こうして会って話す度にまた思い知る。

これのどこが人間だよと、あの女性刑務官に悪態をつきたくなって——今日、ここへ来た理由を思い出した。さっきまで話していた、知らないと一言で切り捨てられた、高塚の違和感。

獣じみた男が、唯一人間らしく、後先考えた行動をとった、その理由が知りたくて来たのだ。

「おまえが何も考えてないってことはよくわかったよ。でも奥田久雄を刺した後は、ちょっとは頭働かせたんだろ」

「………」

「ナイフ、どこに捨てたの。どこかは言いたくなくても、なんで捨てたの」

赤崎はつまらなそうに左の壁を見ている。もはや、知らないととぼけることすらしない。

高塚は、湧きあがった苛立ちをため息にして吐き出した。

弁護活動に不可欠な情報というわけでは決してない。凶器が発見されたところで、赤崎が犯人であることを示す証拠が増えるだけだ。だから、答えたくないなら答えなくても、それで何か不都合が生じるわけではないのだが、反抗されればいい気はしない。

獣を思い通りにできるなどと思うほうが間違いだと、わかってはいても。

「この俺がこうして通って来てるのに、協力しないとかありえないよ。俺の時間給いくらか知ってる？」

赤崎も一応はクライアントであるわけだし、刑務官が同席しているということもあって多少は配慮していたつもりだったが、獣相手に言葉を選んでいるのも馬鹿馬鹿しくなってきてつい本心が漏れた。

忙しい中来てやってんだから質問にくらい答えろよと、言えるものなら言いたい。赤崎の態度がこのまま変わらなければ、そのうち言ってしまうかもしれなかった。

自分のしたことを棚に上げて、とにかく無罪にしろ外に出せとうるさい被告人には腹が立つが、それでも自分が可愛い被告人が相手なら、メリットデメリットを説いてコントロールのしようがある。相手が損得を考える人間なら、高塚が有能な弁護士であり、言う通りにするのが一番自分のためになるとわからせればいい。

赤崎はそうではなく、付け入る隙がなかった。理論は通じないし、考えや行動も読めない。こちらから読めない以上赤崎のほうから話してもらうしかないが、赤崎はどんな話題を振ってもなかなか乗ってこないし、質問してもほとんどまともに答えないのでお手上げだった。

赤崎の態度は、ただでさえ難しい弁護活動を、不可能に近いほど困難にしている。

まるで弁護してほしくないかのような——そう思ったとき、面会室の中で会ったもう一人の受刑者、山本のことを思い出した。

殺意がなかったなら傷害致死だと言った高塚に、人を死なせたのだから自分にとっては殺人だと答えた。罪を軽くするための言い訳を何一つしないまま、裁かれ、罰を受け入れた。

命を奪った罰を受けるため、あえて弁明をしなかった山本——赤崎とは正反対だと思った彼の顔が浮かんで、

「……もしかして」

思わず口に出していた。

「こう見えて、おまえ、反省してたりするの？」

赤崎が事件以前にも、奥田家を訪れ、水緒や佐奈と顔を合わせていたのなら。水緒は多くを語らなかったが、彼女たちと赤崎との間に、わずかでも交流があったのなら——その夫であり父である奥田を殺してしまったことを、悔いる気持ちがあるのか。そう思ったのだが、

「……は？」

こちらを向いた赤崎の表情を一目見て、その瞬間に間違いを悟る。

赤崎はこれまで見たことのない、完全に虚を突かれた表情をしていた。

「アンタ、思ってたより頭悪いのか？」

挙句、嘲笑うでもなく、半ば呆れたようにそんなことを言われる。

考えすぎかもしれないが、その目にかすかな憐れみさえ浮かんでいるのを読み取ってしまった気がして、高塚は不用意な発言を心の底から後悔した。

「だよね聞いた俺が馬鹿だった！」

今後、思いつきを口に出すのは控えようと心に誓う。

大体、この男に反省や後悔ができるなら、こんな事態になっているわけがないのだ。

見下している相手に馬鹿にされたという屈辱を、悟られないよう表情を作る。

気を取り直して（少なくとも表面上は）、膨大な資料から必要そうなものを厳選して一冊にまとめてきたファイルを開いた。

「それにしてもさ、ほんっとひどい経歴だよねえ。余罪多すぎて、捜査は長引くし裁判は長引くし、事件記録が山みたいに積みあがるしで、迷惑極まりないっての」

おまえさ、昔からこんなんだったわけ。

ページをめくりながら言い、目だけをあげて赤崎を見る。

「今度は何の話だ」

「昔話くらい、いいでしょ。悲惨な過去とかないの。親に捨てられたとかそういうの」

軽口を叩くふりをして反応を見ていたが、赤崎は軽く眉をあげただけだった。傷ついた顔をするわけでも、激高するわけでもない。

（人格が破綻している人間でも、ここが地雷のことって多いんだけどな）

赤崎は違うようだ。

やはり、簡単にはコントロールできない。そのためのポイントの、あたりすらつけられない。

それもまた、高塚にとっては屈辱だったが、なんでもない顔で続ける。

「さんざん報道されちゃったしね。おまけに法廷でも暴れるわ、質問にもまともに答えないわで、おまえ裁判官にも裁判員にも化物みたいに思われてるんだよ。人格形成に影響及ぼしたものが何なのか明らかにすれば裁く側も安心するし、ついでに、おまえがこうなっちゃったのはおまえ一人のせいじゃないって思わせられたら儲けものでしょ」

赤崎の前科の資料が綴じられたページを開き、目を落とした。今回の事件で逮捕されて以降の暴れっぷりを見ている限り、本当の余罪はこんなものではないだろう。ここに書いてある以外にも、立件されていない事件が山のようにあるはずだ。こんな獣のような男が、社会の中でまっとうに生きて来られたはずがない。むしろ、まっとうに生きられた時期が一瞬でもあったのかどうかが疑問だ。

しかし赤崎も、生まれたときから獣の子だったわけではないだろう。赤崎が「こう」なったのはいつからか、そこには何らかの原因があったのかには、純粋に興味もあった。

「要するに、わかりやすい悲惨な過去で同情誘って減刑してもらおうってわけ。わかったらさっさと答える」

脚を組み、指で挟んだペンを振って、わざとぞんざいな話し方で言った。「怒らせる」という形でも、一度相手の感情をコントロールできれば、何かのとっかかりになるかと思ったのだが、赤崎は挑発に乗ってこなかった。

あー、と面倒臭そうにうめきながらがりがりと頭をかき、

「親は覚えてねえな。女がいた気がする。男もいたけど何人かいたな。で、殴られた」

拍子抜けするほどあっさりと話し始める。

「……それ、いつの記憶？　その女の人ってお母さん？」

「さあな」

赤崎の視線は向かって右上、本人から見て左上を向いている。

人は過去のことを思い出すときは、自分の左上を見るという。意図的に装う人間もいるが、赤崎にそんな頭はないだろう。どうやら本当らしい。

「殴られたり蹴られたりしたことしか覚えてねえな。名前も顔も覚えてねえ」

「……ふーん」

少しくらい辛そうな顔でもしてみせれば可愛げがあるものを、赤崎は何の感慨もない様子で、つまらなそうに過去を語る。

相槌を打ちながらメモをとった。

さもありなんというべきか、かなり劣悪な環境で育ったようだ。勿論、赤崎の過去にどんな事情があろうと、犯した罪が許されるわけではない。しかし、何の理由もなく突然変異のように凶悪犯罪者が生まれるとは、裁判所も信じたくないはずだった。理解で

きないものを恐ろしいと感じるのは皆同じだ。それらしい原因を示してやれば安心するだろうし、子どもは生まれてくる環境を選べないから、赤崎が幼少期の環境が原因で、「こう」ならざるを得なかったと匂わせることができれば、量刑にも影響が出るかもしれない。

原因を踏まえた上で、赤崎の人格が矯正可能なものと判断されれば、それも刑期を縮めることにつながるだろう。

(ま、再審が認められなきゃ、幼少期の事情なんて何の役にも立たないけど)

どれだけ同情できる事情があっても、幼少時の環境は情状弁護の範疇だ。再審を開始するための材料にはならない。

幼少期の事情が弁護活動に活きるとしたら、それは前の裁判を覆すような新証拠を発見し、再審が認められてからの話だった。

「それでどうしたの。おまえだって子どもの頃から凶暴だったわけじゃないだろ。誰かに保護されたの?」

とはいえ、決定的な新証拠などそうそう見つかるはずもないので、今できることとしては、再審になった際に少しでも有利になりそうな事情を集めておくしかない。

高塚が先を促すと、また、赤崎の視線が左上へ向く。

「警察が来たな」

「何、そんな酷い虐待(ぎゃくたい)だったわけ?」

「そうでもねえと思うけどな。いつもみてえに殴られて、咬みついたら歯がぐらぐらになったな。で、もっと殴られた」

思わず顔をしかめる。

本人は平気な顔をしているが、痛い話は嫌いだ。

「……それで、警察が来て、おまえは保護されたってわけか」

いや、と、赤崎は短く否定し、

「屈みこんで靴を履いてるときだったか、いつも高いところにある男の頭がちょうどい位置に見えて、ぶん殴ったんだ。そのへんにあったもんつかんで……こういうやつ。持ち手がついてる」

指で、宙に野球のベースのような形を描いてみせる。

もしかして、と思い当たり、おそるおそる口に出した。

「……アイロン?」

多分それだ、と赤崎が頷く。

「埃かぶって転がってたな。結構重かった」

どういう家庭だ。

さすがに引いた。表情にも出ただろうが、赤崎は気にするどころか気づいた風もなくパイプ椅子にもたれ、だらりと両手を横に垂らしてぶらぶらと動かしている。

「出かけるところでドアが開いてたし玄関だったたし、人が通りかかって騒ぎになった……んだったと思う。血まみれの頭を覚えているな」

玄関脇に、埃をかぶったアイロンが落ちているという時点で、大体、赤崎の家の中がどんな状態だったのかも想像がつく。

それで警察沙汰になり、ついでに虐待の事実も明らかになって、赤崎は施設に引き取られたということらしい。思っていた以上に、スタート地点から壮絶な人生だ。

「何人かいたけど、どれが親父だったのかは覚えてねえ、つうか知らねえ。どれも違ったのかもな」

「……おまえが殴った人はどうなったの」

なんとか平静を装って訊くと、さあ、と、興味なさげに目線を落とされた。

「死んだなら、誰かが言うだろ。どっかで生きてんじゃねえか」

何でもないことのように言う。平気なふりをしているわけではない、本当に、何とも思っていないのだ。その話はもう飽きた、とでも言いたげな表情だった。

商売道具であるはずの言葉を失っている高塚を見て、言った後で目をあげた赤崎は、無言になった高塚に視線をとめる。

「とどめさしときゃよかった。失敗したな」

にや、と目を細め、唇の端をあげて笑った。

＋＋＋

奥田水緒が赤崎の身内、という仮説は飛躍しすぎだったにしても、家族に暴力をふるわれている彼女を見た赤崎が、そこに自分の姿を重ねた可能性はゼロではない（あの男が、そんな感傷を持ち合わせているとは思えないから、限りなくゼロに近いが）。しかし、赤崎が水緒に同情する理由があったとしても、それは水緒が赤崎を支援する理由には直結しない。

赤崎の有利になる証言をしても、決定的なことを言うわけでもなく、この事件に対する彼女の態度はどうにももどかしかった。表立って赤崎を援護することはしない、けれど、陰で彼のために高い弁護士費用を払ったり、彼が無罪になることを望むかのようなそぶりを見せたりと、彼女の行動は不可解だ。

もしや愛人関係にあるのか、と勘繰ってもみたが、あの赤崎と水緒が、と想像してもしっくりこない。男と女のことばかりは何があるかわからないとはいえ、無理がある気がした。

（まあ、もしそうでも夫人は口を割らないだろうし）

仮に二人が愛人関係だとしても、弁護の役には立たない。むしろ、赤崎に奥田を殺す動機があることになってしまってさらに不利になりそうだから、そこは掘り返さないほうがいいのかもしれない。個人的に気になっている水緒の行動の意味がわかって、高塚が少しすっきりするだけだ。

奥田宅の斜め向かいに停めた車の中で、腕時計の文字盤に目を落とす。

もうそろそろかな、と思って目をあげたとき、ちょうど、制服姿の少女が通学鞄を左手に提げて歩いてくるのが見えた。

奥田佐奈だ。

彼女が門の前まで来たタイミングで車のドアを開ける。

ドアの閉まる音に、佐奈がこちらを振り向いた。

「こんにちは。奥田佐奈さん？」

奥田宅を訪れたとき、何度か見かけたことがある。話をしたこともあるが、ほんの短い時間だったし、一審の前だから、もうずいぶん前だ。

不審者扱いされないよう営業用の笑顔で声をかけたのだが、彼女は高塚の顔を覚えていたようだった。足を止め、特に怪訝そうなそぶりも見せず、高塚が近づいてくるのを待っている。

高塚が目の前まで来ると、彼女のほうから口を開いた。

「弁護士さんだよね」

ため口だ。

まったく物怖(ものお)じしない。最近の中学生ならこんなものか。

「お母さんならまだ帰ってないけど。うちに用？」

「そう。君と話をさせてもらうのを、お母さんに許してもらいに」

短く肯定し、改めて、年齢問わず女性相手には有効なはずの笑顔を向ける。

「早く来すぎたみたいだね。待たせてもらっていいかな」

意識的に柔らかくした声音で許可を求めると、佐奈はじっと高塚を見上げ、

「嘘」

目を逸らさないままで断定した。

責める口調ではなく、単に指摘した、というような口調だ。

高塚が眉をあげるのを見て、佐奈はどこか勝ち誇ったように続ける。

「お母さんがいないの、知ってて来たんでしょ」

わかっているのよ、というように胸をそらした。

「大人は嘘つきだから」

大人ぶった子どもの口調は、いっそ微笑ましい。

高塚は両手をスーツのパンツのポケットに入れ、わずかに姿勢を崩して顎を引いた。

首を傾け、目線をほんの少し近くして、佐奈を見る。

「君は？」

「私が何？」

「大人なの？」

その質問を、彼女は気に入ったようだった。

口紅ではなくリップクリームが塗られた口元に、笑みが浮かぶ。

「あの人、他にもいっぱい悪いことしてたって、ニュースで言ってたけど、本当？」

高塚の質問には答えなかったが、見上げてくる目の表情は先ほどより友好的だ。

高塚は肩をすくめて答える。

「マスコミの情報を鵜呑みにしないほうがいい……って言いたいところだけど、赤崎に関してはまあ、大体本当かな」

「悪いことした人を、どうして弁護するの」

よくある質問だ。

仕事だからとは言えないので、

「誰にでも、どんな悪人にも、きちんとした裁判を受ける権利は保障されるべきだからね」

優等生の答えを返す。

佐奈がまだ理解も納得もできていなそうだったので、少し親切に、言葉を足した。

「万が一にも、やってないことで有罪になる人がいてはいけないし、実際にやったことについて裁かれる場合でも、弁護人が被告人の話を聞くことで、どうしてそういう事件が起こったのか解明したり、反省させたりできるかもしれない。二度と同じ過ちを犯さないようにね」

被害者遺族としての彼女を尊重し、誠意をもって――少なくともそう聞こえるよう意識して――答えたのに、佐奈の心には響かなかったようだ。

ふーん、と手ごたえのない相槌だけが返る。

少しの間あさっての方向へ目線を向け、何か考えるようなそぶりを見せた後、佐奈はちらりと目だけを高塚に向けた。

「先生は、あの人の味方？」

「……そうだね」

あの人、というのは、赤崎のことだろう。責める口調ではなかったが、慎重に言葉を選んで答える。

「でも、君の敵ってわけじゃない。弁護士だって、きちんとした裁判をして、被告人が罪を償って、二度とひどいことが繰り返されないようにするための手助けをするって意味では、裁判所とか検察官と同じだよ」

佐奈はまた、ふーん、と言って、目を逸らした。

自分から訊いておいて、興味がなさそうだ。

玄関脇の寄せ植えの鉢に目を向けながら、独り言のような口調で言った。

「味方がいるのはいいことだと思う。一人でも。全然違うでしょ？」

誰にとっての誰のことを話しているのか、わからない。しかしいずれにしても、被害者の娘が加害者の弁護人に向ける言葉とは思えない。

母親も謎なら、娘も謎だった。

誠実な弁護士であることを示すための会話を続けても意味はなさそうだったので、本題に入ることにする。

聞きたいのは、水緒が話してくれないことだ。

「赤崎と会ったって？」

水緒の話だと、佐奈は一人で留守番をしているときに、不法侵入した赤崎と会っているはずだ。奥田久雄が殺害された日にも顔を合わせた可能性があり、ショックでその日の記憶は曖昧だと聞いているが、その前に会ったときのことは覚えているだろう。

玄関のほうを見ていた佐奈は振り向いて、あっさりと頷いた。

「びっくりした。私、家に一人だったし。開いた窓から入ったんだと思うけど、いつのまにか土足で入ってきてて、勝手に食べ物を漁って、すごい速さで食べて、食べ終わったら出て行ったの」

別荘地に出没する熊のようだったと、水緒が言っていたのを思い出す。

恐怖を感じるべき場面でも、あっけにとられてしまうほどの傍若無人（ぼうじゃくぶじん）ぶりだ。

「動物だよね、あいつ」

自由すぎでしょ、と高塚が苦笑すると、佐奈もつられたように笑った。

「動物に、悪意ってないでしょ。だからかもしれないけど、怖いとは感じなかったな」

水緒と同じことを言う。

事実、赤崎は佐奈には危害を加えなかったらしいから、彼女の直感は正しかったということになるのだろう。

しかし、水緒の話だと、赤崎が二度目に奥田宅に侵入したのは、最初の襲撃の翌々日だったはずだ。父親が暴漢に襲われて二日しかたっていないのに、自宅で不法侵入者と二人きりというのは、普通なら震え上がる状況だった。

「赤崎を見たのはそのときが初めてだよね。お父さんを襲ったのがあいつだって、わかった？」

「多分この人かなって、後で気づいた感じ。そのときも勝手にあがりこんでごはんを食べてたっていうのは、聞いてたし」

父親を鉄パイプで殴り倒し、病院送りにした男を前にして、怖くなかったとは大した度胸だ。

それだけでも驚くのに、佐奈はさらに、目を細めて続ける。

「私もあんな風に、強くなれたらいいのにって、うらやましかった」

「……すごいこと言うね」

確かに自由であることは強さだし、強いものは自由かもしれない。

しかし赤崎の自由は、獣のそれだ。

社会性や道徳心、人とつながること、人として生きること。自由や強さと引き換えにするには大きすぎる代償だろう。

「あの人には感謝してるの。おかげで私、少し強くなれた気がする」

あまりといえばあまりな発言に、高塚は思わず佐奈を見た。

父親の死を乗り越えて、という意味だろうか。

そうだとしても、父親を殺した相手に感謝をするというのはなかなかに強烈な発言だった。

佐奈にとっても父親は敵で、赤崎は母娘を救った恩人ということらしいが、中学生ということもあってか、母親よりも直接的だ。

佐奈は平然として高塚を見返し、

「私が、お父さんを刺したのはあの人じゃなかったって言えば、あの人は自由になるの？」

さらにとんでもないことを言う。

「あの日のことは、覚えてないんだろ？」

高塚がそう返すと、そうだけど、と言葉を濁した。

少しの間目を泳がせていたが、やがて高塚に目線を戻して、何がいけないのというように唇を尖らせる。

「嘘かどうかなんてわからないし、誰にも迷惑かけないのに？」

「迷惑はかかるよ。警察とか裁判所とか、事件に関わる人たち皆にね。それに――たとえば赤崎とは別の犯人が逃げて行くのを見た、なんて証言したとして、それが架空の人間でも、その人物像に近い誰かを警察が見つけたら、その誰かに罪をなすりつけることになる」

高塚も弁護士として、さすがに、嘘とわかっていて証言をさせるわけにはいかない。それがどれだけ、依頼者や赤崎の利益になるとしてもだ。

偽証する覚悟があるなら、いっそ自分に相談などせずに勝手に「赤崎ではなかった」と証言してくれればそれに乗っかった弁護ができたのに、と内心舌打ちしながら、表面上は誠実な弁護士らしくきっぱりと言う。

「嘘はだめだ。君の言うことすべて、信用されなくなるから」

佐奈はうつむいたが、高塚の説明に納得はしたらしい。意外と素直に頷いた。

やがて高塚に背を向けると、胸までの高さの外門を開けて、自宅の敷地の中に入る。挨拶もなしだ。

鞄からぬいぐるみのキーホルダーのついた鍵を取り出し、家に入ろうとしている制服の背中に、ふと思いついて言葉を投げる。

「……お母さんに、赤崎の弁護士費用を出すように頼んだのは、君？」

佐奈は、それには答えなかった。

その代わり少し振り向いて、今日会ったことは、お母さんには内緒にしとくね、と、まるで共犯者を見るような目で言った。

もしかしたら奥田は、娘の佐奈にも暴力をふるっていたのかもしれない。そうでなくても、佐奈は、母親が殴られていることを知っていただろう。

水緒と佐奈は、大人たちに虐待されていた、かつての赤崎と同じ立場だったと言える。

赤崎には、彼女たちに同情する理由がある。

(赤崎は彼女たちのために、奥田を殺してやったのか?)

ただの、行きずりの犯行ではなく、赤崎と母娘の間に、なんらかのつながりがあったとして。

そんな感情が、あの男にあるだろうか。

+++

「凶器、なんで捨てたの」

アクリル板ごしに赤崎と向かい合った、面会室。

水緒たちとの関係を訊いてもどうせ答えないだろう。直球を投げるのはやめて、もう一つの疑問からぶつけてみる。

もう何度目かわからない問いかけだが、赤崎は怒り出すようなことはなく、

「しつこいな」

とうるさそうに言っただけだった。

「それが何か、アンタの仕事に関係あるのか？」

俺をここから出すのがアンタの仕事だろ。そう言われ、裁判をやり直させるのが俺の仕事だよと言い返す。たとえ正当防衛だとか捜査の違法性だとか、以前の裁判を覆すような証拠を見つけたとしても、あれだけ他に余罪があれば当分塀の中からは出られないだろう。大量にある罪の中の、一つや二つが消えたところで状況は変わらない。

「弁護方針には関係ないかもしれないけど、気になるだろ。おまえ、これまでずっと人から目撃されまくり指紋も足跡も残しまくり、監視カメラも気にしてなかったのに、なんで今回だけ証拠を隠滅したんだよ。前の事件の凶器は現場に残してったくせに、ナイフだけ見つからないとこに捨てた意味がわからない」

「捨ててねぇよ」

落としたんだ、と、相変わらずやる気のない口調で返された。

「じゃあなんで見つからないんだよ」

「知らねぇよ」

怒らせて口を滑らせるのを狙う作戦は、効果がなさそうだった。

責めたてるような口調で煽（あお）ってみても、赤崎が激高して暴れ出す気配はない。むしろ呆れられているような気配すら感じる。

「ナイフが見つかったって状況は変わらねえんだろ。俺の指紋がべったりついてるんだからな。あいつの血も」

自白ともとれる発言だ。

高塚はちらりと、赤崎側に同席している北田を見る。さすがに北田は眉一つ動かさなかった。

赤崎に視線を戻すと、赤崎はにや、と唇の端をあげる品のない笑みを浮かべている。

表情を読まれた？　まさか。

（こっちは読めてないってのに）

考えすぎだ。百戦錬磨の敏腕弁護士が、野獣に腹の読み合いで負けるなんてありえない。

舌打ちをしたい思いだったが、表情に出さないよう意識して、癪に障る笑顔の赤崎に向き直った。

「アンタだって、俺がセイトウボウエイ？　だとか無罪、だなんて信じちゃいねえだろ。俺がナイフをどうしようが関係ねえ、どうせ見つかんねえよ」

「気持ち悪いんだよ、弁護する上でわからないことがあるって状況が」

法廷で自分の知らなかった事実が出てきたときとかほんと勘弁してよって思うんだよね、と、思わずぼやいた、これは本音だ。

ぶっつけ本番の公判期日では、証言台に立った相手から不意打ちをくらうのが一番怖い。

勿論、そういう場合も即座に尋問を組み立て直して臨機応変に対応するのがプロの弁護士だ。動揺してぐだぐだになったことなど一度もないし、思いがけない切り返しにも、まるで最初からわかっていたかのように余裕の表情で対応してみせる自信はあるが、それでもペースを乱されることは間違いない。

法廷という舞台には、完璧なシナリオを用意して臨みたいのに、自分の想定した通りに事が運ばないのは不愉快だった。

まあ今回は法廷に持ち込むまで——裁判をもう一度やり直すため、法廷のドアを開けてもらうところまでが大変なので、現段階でこんなことを気にしても仕方がなく、ある意味、次元の違う話ではあるのだが。

「正直おまえの考えてることなんか理解できないし仕事じゃなきゃ理解したくもないけど、弁護するからには万全の態勢で臨みたいし、不意打ちはごめんだし、それなりの金額もらってるからにはね、依頼人に後悔させたくないし。俺が民事だけじゃなくて刑事弁護人としても有能だってことを示すチャンスだしね」

半ば自棄（やけ）になって本音をぶちまける。

「とにかく、刑期を短くしたいなら、俺の作戦に従うのが一番なんだから、俺の訊くことにはちゃんと答えて、協力してよ。まあ、そもそも裁判に持ち込めるかどうかって段階で、尋問のこと考えるのも何だけど」

「正直だな」

意外なことに赤崎は、感心したようにそんなことを言った。

「これまでの弁護士とは違うな」

怒るどころか、わずかとはいえ、初めてプラスの感情を向けられた気がする。やはりこの男のツボというか、ポイントがよくわからない。

気味悪く思いながら見返すと、赤崎は両目を細め唇を歪めた。かろうじて、笑顔と呼べなくもない表情だ。

「おまえは頭の先から足の先まで作りもんだし、うるせえしうぜえし、他の奴らと同じで俺をクズだと見下してやがるが、俺にそれを隠さねえ」

いつのまにか、呼び方がアンタではなくおまえになっている。

不快であることを示すため眉を寄せてみせても、赤崎は素知らぬ顔だった。

作り物とは酷い言われようだ。確かに服も靴も髪も爪の先までも、手入れをするのは人にどう見られるかを意識してのことだ。職業柄、装うことには慣れている。しかしだからと言って、それを偽物のように言われるのは心外だった。

人聞きの悪い、と思ったが、面会室という密室の中では人聞きも何もないと思い直す。ならばいっそと、ことさら露悪的に、吐き捨てるように言ってやった。

「おまえみたいな獣相手に、取り繕ったって仕方ないだろ」

立ち会っている北田とは、今後この仕事以外で会う機会もないだろうし、第一彼にはこれまで関わった中で一番酷い事件の、加害者側についていた自分を知られているのだから、今さら幻滅も何もない。そして赤崎はこの通りの獣なので、どう思われようがかまわない。

「悪くねえな」

そこまで言われても気分を害した風もなく、赤崎はおもしろがるような口調で言った。

評価を下され、不愉快なことに気づく。

こいつは、思っていたほど馬鹿ではないのかもしれない。

腹立たしい。

ファイルを閉じて書類鞄にしまい、ペンを胸ポケットに挿して立ち上がった。

畳んで椅子にかけていたコートを手に取ってドアに手をかけたところで、ああそうだ、と思い出して振り返る。

「奥田佐奈が、おまえに感謝してるってさ」

「あ？　誰だそれ」

「被害者の娘さんだよ」

赤崎が黙った。名前も知らなかったくせに、「被害者の娘」には何か思うところがあるのか。あるいは、単に、父親を殺された娘が、犯人に感謝することの不穏さや不自然さに驚いただけかもしれない。

どちらなのか、その表情からは読み取れない。

「おまえ、何を隠してるの」

ドアを開ける前に、かまをかけてみた。

しかし思った通り、赤崎が答える気配はない。

ため息をついてドアを引いた。

またなセンセイ、と背後でからかうような声が聞こえた。

＋＋＋

水緒も佐奈も、おそらくは赤崎も、何かを隠している。

鍵となるのは、佐奈だ。

そして彼女は自分に、何か話したがっているように見えた。

そんなそぶりは見せなかったが、なんとなく、そう感じた。

崩すならそこからだ。

今日は家の前ではなく、奥田佐奈の通学路、ちょうど学校の裏門が見える位置に車を停めて、下校する彼女が通りかかるのを待った。

道端の立ち話では、踏み込んだ話は聞けないだろう。

とはいえ、保護者の承諾もなく未成年をどこかへ連れ込むわけにもいかない。それ以前に、水緒は娘に事件の話をさせたくないと思っているようだから、彼女の目を盗んで佐奈を呼び出すこと自体、水緒との信頼関係のためにはよろしくない。白々しくても、「たまたま会ったから世間話をしただけ」という言い訳ができるよう、逃げ道を用意しておきたかった。

家まで送る車の中で話を聞くのならセーフだろうと、別件で佐奈の通う中学校の近くまで来たついでに思い立って寄ったのだが、中学校の周りにはほとんど人気がなかった。まだ授業中のようだ。

中学校の下校時刻なんて覚えていない。考えてみれば、佐奈の時間割りも知らない。早めに来ておけばいいだろうと思っていたが、それにしても早すぎたかもしれない。

一度出直すか、と迷い始めたそのとき、制服姿の少女が一人だけ、裏門を抜けて出てくるのが見えた。

それがまさに待っていた相手だったので、驚いて車のサイドウィンドウを下げる。

位置的にも距離的にも、校舎の窓からは高塚の車は見えないはずだから、高塚が待ち伏せしていることに気づいて出てきたわけではないだろう。

通り道で待っていたことを差し引いても、ラッキーだ。日頃の行いがいいからだ。

作る必要もなく笑顔になって、佐奈が近づいてくるのを待った。

数メートルの距離まで来て、佐奈は高塚に気づいたようだ。声をかける手間が省けた。

「乗ってく？　送るよ」

車の前で足を止めた彼女に、運転席からそう申し出る。

「この時間、一人で制服で歩いてたら目立つんじゃないの」

ついでに背中を押す一言を加えた。

少しの沈黙の後、礼も言わず、しかし躊躇したり警戒したりするそぶりも見せず、佐奈は自分で後部座席のドアを開けて車に乗り込んでくる。

シートベルトを締めるよう高塚が言うと、素直に従った。

「学校は？」

「サボった」

簡潔に答える。それは見ればわかる。特に体調が悪いようにも見えないし、急いでいる様子もない彼女が、人目を気にするようにたった一人で裏門から出てきた理由など一つしかない。

ミラーごしに目が合って、佐奈は少しだけばつが悪そうな顔をした。

「抜き打ちの持ち物検査があって」

つまり彼女は、校則違反になるようなものを持って来ていたということだ。それで無断で早退というのは短絡的というか、過激な気がする。むしろそちらのほうが、持ち物検査で引っかかる以上に問題視されるのではと思ったが、よほど知られては困るものでも持っていたのか。中学生の少女の考えることなどわからない。

「まっすぐ帰るとお母さんに叱られる？」

「お母さんは今日は五時くらいまで帰らないから平気」

「了解」

ここから佐奈の家までは、車なら十分程度の距離だ。

エンジンをかけ、車を発進させる。

水緒たちの隠していることが明らかになったところで、赤崎の弁護に役立つかどうかはわからないが、その事実をどう使うかは高塚が決めることだ。依頼人と被告人に情報を伏せられた状態で弁護活動などできない。

さてどこから攻めるか、とハンドルを握りながら考えた。

せっかくのチャンスを活かしたいが、一気に距離を詰めるのは得策ではない。

こちらから踏み込むと、引かれてしまう恐れもあった。一度警戒されてしまえば、次のチャンスは望めない。大人を相手にするときとは、また違った戦略を立てる必要がある。

しかしきっと、佐奈は高塚に、何かを伝えたがっている。

こうして車に乗り込んできたというのが証拠だ。

佐奈のほうでも、高塚が、自分たちの隠している事実について探ろうとしていることは気づいているだろうに、それを承知でこうしているのだ。言いたい、言えない、言うべきかどうかの判断がつかない。彼女もおそらく迷っている。

背中を一押ししてやるのもいいが、タイミングが重要だ。やりすぎれば一気に遠ざかってしまいかねない。

それよりは、あえて一度引いてみる、いや、引かないにしても、こちらから近づくのを止めるというのも手だ。機会だけ作ってやって、彼女のほうから口を開くのを待つのが、遠回りに見えて一番効果的かもしれない。

どうせ、再審請求は長丁場だ。期限はない。急ぐ理由もない。

頭の中では様々な考えを巡らせていたが、表には出さなかった。

結局ほとんど会話もないまま車を走らせ、奥田家の門が見える距離まで来る。

ミラーごしにそっと確認すると、佐奈も何か考え込むように下を向いていた。

「どうぞ。着いたよ」

家の前に車を停めて、後部座席を振り返る。

「……ありがとう」

「何か俺に話したいことはない？」

不意打ちの一押しを、何気ない口調で投げた。

急かしはしないが、知っているのだと匂わす。

佐奈は高塚を見返したが、質問には答えずに、後部座席のドアを開けた。

「寄っていけば？」

車を降りて、ドアを開けたままで車内を覗き込み、そんなことを言う。

「お母さんまだ帰って来ないし、来たって車二台くらい停められるでしょ」

空いている駐車スペースを手で示した。確かに、敷地内の駐車スペースには大分余裕があるようだったが、そういう問題ではないだろうと、高塚は苦笑する。

「保護者が留守のときに、中学生の女の子の家にお邪魔するってのもねえ……あ、鞄」

「持ってきて」

後部座席に置いたままの通学鞄に気づいて声をかけたが、佐奈はドアを閉め歩き出してしまっている。

仕方がないのでエンジンを切り、高塚もシートベルトを外した。

通学鞄を持って、車を降りる。

家の中でしか話せないことを話したいということなら、高塚の「引いてみる」作戦は思った以上に功を奏したということになるが、それにしても急展開だった。

ここで飛びつくのも、待っていましたという態度が透けて見えていやらしい気がする。とはいえこのチャンスを逃すわけにはいかないので、ためらいながらも説得されて了承する、というのが望ましい流れだ。

「鍵出して。鞄の内ポケットに入ってるから」

「あのねえ……」

女の子が良く知らない男に鞄預けちゃっていいの、と呆れたが、佐奈が鞄を受け取ろうとする気配はない。

ドアの前に立った彼女は、高塚を見ると、早く、と焦(じ)れたように言った。

まったく最近の女子中学生は。

諦めて一つ息を吐き、高塚は佐奈の鞄を開けた。

＋＋＋

やってくれるよね、と、開口一番、面会室のアクリル板ごしに赤崎を睨みつけて言った。

知的でスマートが身上のエリート弁護士らしくなく、鞄とファイルを台の上に放り出すように置いて、座り心地の悪いパイプ椅子に座る。

座るなり脚を組み、背もたれに片腕をかけて、不機嫌さを強調した。

「弁護人に隠し事する被告人って珍しくないし、おまえなんかなおさら、素直に事実を話してくれてるなんて期待してなかったけどさ。さすがに想定外だったよ」

弁護人にあるまじき高塚の態度に気を悪くするどころか、興味をそそられた顔で赤崎は目をあげる。

「何の話だ、センセイ」

にやにやと口元に笑みを浮かべ、白々しくもそんなことを言った。

その手には乗るか。

高塚は目を細める。

不躾(ぶしつけ)な態度に苛立って、見るべきものを見過ごすような失態は犯さない。もう。

(よくも今まで)

囚人のくせに、犯罪者のくせに、獣のくせに。

何も知らない弁護人を、見下していたのはこいつのほうだ。

台の上に両肘をのせ、身を乗り出すようにする。

高塚のほうから――アクリル板ごしとはいえ――ここまで距離を詰めたのは初めてだった。

本当に恐怖を排除することはできなくても、内面を読むことはできなくても、そのふりをすることくらいはできる。装って、虚勢を張って何が悪い。

おまえなんか怖くないと、おまえの考えも行動もお見通しだと、そう示すように――アクリル板の仕切りに額がつきそうなほど近づいて、口を開いた。

「おまえさ、やってないんだろ」

立ち会いの北田が初めて顔をあげ、高塚を見た。

3 奥田佐奈

佐奈が初めてあの男を見たのは、最初の襲撃事件の二日後、ではない。

彼が初めて奥田家に現れた、最初の襲撃事件のときだった。

あのとき佐奈が家にいたことは、誰も知らない。

母ですら、佐奈は外出していると思っていた。

けれど本当は、外出先からちょうど帰ってきていたのだ。ただいまと声をかけるより早く、父親が母を怒鳴りつける声と、悲鳴が聞こえた。ばしんと皮膚が皮膚にぶつかる音に、どさりと重いものが倒れた音が続く。

父親が母を怒鳴るのも、殴るのも、初めてではなかった。

父親は酒に酔うと、声が大きくなる。機嫌が悪いときに酒を飲み、母を怒鳴りつけている姿を見たことは何度もある。しかしそんなときはたいてい父親が、佐奈を二階にある自室へ追いやってしまうので、暴行の現場を佐奈が目撃したことはなかった。

生々しい暴力の気配に、足がすくむ。

まだ昼間なのに、酒を飲んでいるのだろうか。それとも、佐奈が知らないだけで、酒を飲んでいないときでも、父親は母に暴力をふるっていたのだろうか。

おそるおそる覗くと、リビングのソファの前で、床に手をついた母を父親が蹴りつけていた。

理由はわからない。父親の機嫌の悪いときに、母が何か失敗したのかもしれない。母は腕で頭と顔をかばうようにして、ただ耐えている。

父親は、引き戸のように開けて庭へ出られるようになっている、大きな窓を背にしていた。窓は閉まっていた。

父親の身体が邪魔になったのと、二人ばかりに目を向けていて、佐奈は、庭に人が入ってきたことには気づかなかった。

父親が足を振り上げたとき、がしゃんと音がして窓ガラスが割れた。母が、きゃあっと悲鳴をあげた。

父親は、振り上げた足をそのまま下ろし、振り向こうとした。が、それより早く、窓を割った鉄パイプの第二撃が、後頭部に振り下ろされていた。

ばらばらとガラスのかけらが降り注ぐ、その中に、見たことのない男が立っている。

声も出なかった。

父親がばったりと、母のすぐ脇に倒れ、呆けたように見ていた母に男が何か言うのが見えた。

男は手に持っていた鉄パイプを無造作に投げ捨てると、佐奈のいるほうへ向かって歩き出した。慌てて身を隠そうとしたが、男は佐奈に気づいた様子もなく、冷蔵庫を開けて中を漁り始める。

母が警察を呼んでいる声が聞こえたときは、男がそれに激高するのではとひやりとしたが、男は母を見向きもしなかった。

電話を切った母が、ぐったりとした父親の身体を引きずって庭から外へ逃げようとしているのを、止めようとする気配もない。

冷蔵庫から出した牛乳をパックから直接飲み、魚肉ソーセージやチーズを噛みちぎるようにして食べている。

男がこちらを向こうとした気がして、慌てて身を隠した。

気づかれずに済んだのか、こちらを向きかけたと思ったこと自体佐奈の気のせいだったのか、気づいたけれど放っておかれたのかはわからない。とにかく、男は佐奈のほうへは来なかった。

少しの間息をひそめていたが、やがて、土足のまま歩く足音が窓のほうへと向かうのが聞こえて、佐奈はまたそっと部屋を覗いてみた。

痩せて背の高い後ろ姿が遠ざかるのが見えた。

おそらく、侵入から五分もたっていない。

男は冷蔵庫にあった林檎（りんご）を片手に持って、入って来たときと同じように大股に歩いて窓から出て行った。

ガラスの割れた窓から弱い風が吹き込んでいた。

母は裸足で窓から逃げたらしい。

引きずっていくのは無理だと諦めたのか動かすのは危険だと思ったのか、父親の身体は倒れた場所よりわずかにずれた位置にそのままになっていた。

佐奈は（倒れた父親以外）誰もいなくなった部屋に入り、開いたままになっていた冷蔵庫のドアを閉めた。

牛乳やパンくずや、いろんなものがこぼれている。

それにまじって、何か落ちていた。

拾い上げてみると、折り畳み式のナイフだ。

ナイフをポケットに入れ、そっと勝手口から外に出る。幸い、誰にも見られずに済んだ。

助けを呼ぶ母の声を聞きつけたのか、ざわざわと人が集まってくる気配がしたが、振り向かずに家を後にした。

+++

赤崎桐也という名前は、後からニュースで観て知った。

割れたガラスが降り注ぐ中、銀色の棒を持って立っている彼の姿が目に焼き付いて消えない。

逆光のせいもあってか、窓を破って現れた彼は佐奈の目には、神様がつかわした救いの主のように見えた。

勿論、彼が自分たちを助けるために来たのではないことくらい、佐奈もわかっている。しかし、助けるつもりがあってもなくても、結果として、赤崎桐也は母を暴力から救った。

頭から血を流して倒れている父親を見たとき、恐怖ではない感情で、胸が高鳴っていたのを覚えている。佐奈は期待したのだ。赤崎の一撃が、その瞬間だけでなく、永遠に母と自分を解放してくれることを。

しかし父親は死ななかった。

事件の後家を離れてから、携帯電話に母からかかってきた電話で、佐奈は父親が無事でいることを知った。


事件から二日後、佐奈が学校から帰ってくると、母は留守にしていた。

空気を入れ換えるため、ガラスを換えたばかりの窓を開け、洗面所へ行き手を洗う。

着替えるために二階の自室へ上がろうとリビングの前を通り過ぎたら、全開になった窓から風が吹き込み、カーテンが揺れているのが見えた。

そんなに大きく窓を開けた覚えはなかったから、不審に思ってリビングダイニングに足を踏み入れ、佐奈は驚いて立ち止まった。

赤崎がいた。

二日前に見たときと同じ服を着て、ダイニングの椅子に座って、焼いていない食パンをそのまま食べていた。

ダイニングテーブルの上には、パンやハムやバナナ、チョコレートにヨーグルト、タッパーに入った作り置きの惣菜など、統一性のない食べ物が並べてある。冷蔵庫の中にあるすぐに食べられそうなものを手当たり次第に出して置いた、という感じだった。

佐奈が部屋に入って来たのに気づかないはずはないのに、顔をあげることすらしない。

がつがつと、切っていない丸ごとのハムをかじっている。

空腹の犬が一心不乱に餌を食べているような食べっぷりに圧倒されていると、

「食うか」

ようやく佐奈の存在を気に留めたのか、ちら、と目をあげて赤崎が言った。

ナイフを取りに来たのかと思ったのだが、何かを探すような気配はまったくない。ただ食べているだけだ。

恐怖は感じなかった。

佐奈は首を横に振り、階段の下に置いていた鞄を取りに戻る。

鞄を開けて折り畳み式ナイフを取り、ダイニングテーブルの前へ行って差し出した。

赤崎は一度はナイフを見たが、またすぐに食事を再開する。

「あいつ、死んでないよ」

佐奈がそう言っても、赤崎はこちらを見ようともせず、黙々とバナナの皮を剝き、三口でたいらげた。

続けて真新しい牛乳の紙パックに手を伸ばす赤崎に、かまわず続ける。

「入院してるの。今日は帰って来ないし、しばらく出張するみたいだけど、来週には戻ってくるはずだから」

ナイフを握った手と、差し出す腕に力を込める。

「今度こそちゃんと殺して」

赤崎は、ほんの一瞬だけ目をあげて佐奈を見た。しかしすぐに、興味を失ったように目線を食べ物へ戻す。

「知るか。自分でやれ」

ナイフを受け取ろうとはせず、素っ気なく言うと、喉を鳴らして牛乳を飲んだ。

三分の二ほど残ったかじりかけのハムにまた歯をたてる、その様子を、佐奈はただ眺める。

あげたままだった腕が疲れたので、ゆっくりと身体の横に下ろした。

自分の体温の移った、生温かいナイフを握りしめる。

そのまましばらく、突っ立ったままでいた。

色々な考えが頭を巡ったが、そのどれもがまとまらない。

ナイフの硬い感触がリアルだった。

畳んだ状態なら、手のひらに握り込んでしまえる大きさのそれは、酷く手に馴染んだ。

外出していた母が帰ってきて、慌てて佐奈に部屋に行くように言ったけれど、佐奈はその場を動けなかった。

赤崎は佐奈を見ていなかったが、佐奈は赤崎から、目を離せなかった。

母と佐奈が押し問答をしているうちに、赤崎は食べ終わって満足したのか、手の甲で口元を拭うと立ち上がり、そのまま窓から出て行ってしまった。

最後まで佐奈を見ないまま、ナイフも受け取らないまま。

佐奈はそれから、赤崎のナイフを持ち歩いた。強くなるためのお守りだった。
彼のように何も恐れず、何にもとらわれずにいたくても、叶わないことはわかってい
た。それでも、彼の強さの十分の一だけでも、持つことができたらと願った。
そして、思っていたよりもずっと早く、その日はやってきた。

その日、父親は機嫌が悪かった。

二階にいる佐奈にも、母を怒鳴る声が聞こえていた。

佐奈は部屋に籠(こも)ってしばらくの間耐えていたが、鞄から出したナイフをすがるように
握って、その冷たさにはっとした。

目が覚めた。

これはお守りじゃない。握りしめて祈るだけじゃ、何の役にも立たない。

階下からは、まだ、怒鳴り声が聞こえている。

(ここでこうしていても、何も変わらない)

耳をふさいでいれば、怒鳴り声も悲鳴も聞こえない。目に見えて母の顔色が悪くても、
その身体に痣ができていても、目を逸らせば見ないで済む。

しかし、そうしたところで、現実は消えない。

母は救われないし、自分も救われない。

(これがずっと続くなんて)

耐えられないのなら、何かしなければ。

ナイフを握りしめて階段を下りた。

待っていても、通り過ぎて過去になったりはしない。

今日をやり過ごしても、また同じことが起こる。そして延々と繰り返される。

誰かが終わらせなければ、終わらない。

（私が）

やるしかない。母にはできない。

神様のような人が現れて、すべて解決してくれるなんて、幻想だった。

リビングダイニングのドアを開けた。

それと同時に父親の怒鳴り声が耳を打ったが、その声は、佐奈に向けられたものでも、母に向けられたものでもなかった。

佐奈がドアを開ける直前に、ドアの向かいにある窓を開けた人間がいたらしく、父親の目と怒号はそちらへ向けられていた。

赤崎だ。

今日は、武器のようなものは何も持っていない。前に来たときに必要なかったから、今度も簡単に食べ物が手に入ると思って来たのかもしれない。

母が、あっというように、口を手で押さえる。

「食い物」

庭からリビングへあがりながら、赤崎がぼそりと言った。

「なんだおまえは！　土足でッ」

父親は、赤崎が、二週間前に自分を襲った男だとは気づいていないようだった。あのときは後ろから殴られたから、顔は見ていないのだ。

父親は赤崎を、母の知り合いかと思ったようだった。

「誰だこいつは！　おい、水緒ッ」

おろおろしている母に向かって怒鳴る。

（殺して）

胸の奥から、言葉が湧いた。

父親が赤崎に近づいて行くのを見て、胸が高鳴る。

「おい、こっちを見ろ。答えろ、おい！　おまえっ」

赤崎はうるさそうに父親を見て、そのまま冷蔵庫のほうへ向かいかけたが、進路を阻まれる。

父親が赤崎の左腕をつかんだ瞬間、赤崎が右手で父親の顔を殴り飛ばした。

母が悲鳴をあげる。耳をふさいで、顔を伏せた。自分が殴られているときも、母はよくそうする。暴力から顔を背ける。

佐奈は目を逸らさなかった。胸の前で手を握った。ナイフを握った手を、胸に押し付けるようにする。

（殺して）

解放して。

祈るような気持ちで赤崎に呼びかける。

しかし赤崎は、舌打ちすると、すぐに父親から離れた。

そのまま背を向けて歩き出す。

面倒臭い、と思ったようだった。今日はそれほど空腹ではなかったのかもしれない。

簡単に食料が手に入ると思って来たら、当てが外れた。彼にとっては、たったそれだけのことだった。

赤崎の気怠げな表情や動作から、佐奈はそれを悟った。

あのとき父親を殴ったのも今も、赤崎にとっては、邪魔なものを排除しただけで、佐奈や母を助けたわけではない。

わかっていたはずなのに、改めて思い知る。

これからもそうだ。

これから先どんなに待っても、誰も助けてなんてくれない。

（自分でやらなきゃ）

ナイフを握りしめた。体温で温まったそれは、まるで自分の身体の一部のようだった。

ナイフを開く。ぱちりと音がする。

柄の部分を握り直した。

頼れるのはこの感触だけだ。

よろめきながら立ち上がり、赤崎を追おうかどうしようか、迷っている様子の父親に向かって走った。

どん、と身体ごとぶつかる。水平に持ったナイフの、刃がシャツに埋まる。

近づいた瞬間は酒のにおいがしたのに、あっというまに、血のにおいに紛れた。

立ち去ろうとしていた赤崎が振り向いて、目が合った。

彼は驚いた顔をしていた。

彼だけが目撃者だった。

ナイフを抜くと、血がどろりと流れたが、マンガの中でよく見るように飛び散ったりはしなかった。

父親が、床に膝をついて、倒れる。

何が起こったのかわからないという顔をしていた。

母が顔をあげ、ナイフを握った佐奈を見て悲鳴をあげる。

そうして母が、動かなくなった夫にすがりついて泣き始めるまで、佐奈はナイフを持って立ったままでいた。

いつのまにか、赤崎はいなくなっていた。

4　高塚智明

高塚が佐奈の話を聞き終え、一時間ほどして、水緒が帰ってきた。

リビングのソファに座っている高塚を見て、混乱している様子の彼女に、お嬢さんに入れていただきました、とごく簡潔に説明する。

戸惑いの表情を浮かべていた水緒も、ソファ脇のコーヒーテーブルの上に置かれた折り畳みナイフを見て、すべてを悟ったようだった。

「殺人事件の現場は捜索されますが、お嬢さんの通学鞄の中はさすがに盲点だったでしょうね。容疑者でもない遺族の私物なんて、そう念入りに調べようとも思わないでしょうし」

水緒は黙ってうつむいている。

「警察にも、私にも、嘘をついていましたね。犯人を見ていないというのは嘘だ。あなたもお嬢さんも、事件が起こったまさにそのとき、現場にいたのに」

犯人を見ていないと言い、赤崎が刺したと証言しなかったのは、せめてもの良心だろう。さすがに、無実の人間に積極的に罪をなすりつけることには抵抗があったのか。

すべてを目撃したはずの赤崎が口をつぐんでいるのも、水緒たちにとっては予想外だったに違いない。そのせいで、話が複雑になった。いや、むしろ、間違ったままで単純化してしまったというべきか。とにかく、誤りを正さないまま、ここまで来てしまった。

(まあ、赤崎が証言したって、証拠もないんじゃ誰も信じなかっただろうけど)

もしも赤崎が、刺したのは自分じゃない、佐奈だと証言していたら、水緒たちはどうしただろうか。

もしかしたら、正直に認めていたかもしれない。

しかし赤崎は、言わなかった。

理由はわからない。言っても無駄だと思ったのかもしれないし、どうでもよかったのかもしれない。暴れれば懲罰を受ける、刑期が延びる、という単純な損得すら考えない男だ。保身という概念が彼の中にあるかどうかすら怪しい。無実を証明するために説明する、人を説得するという行為自体、頭に浮かばなかったのかもしれない。訊いても答えないだろう。

誰にもわからない。

「……全部ご存じなんですね」

諦めの滲んだ声で、水緒が言った。

全部は言いすぎだ。赤崎が何を考えていたのかも、水緒の行動も、佐奈が父親を刺した理由や、事件の後もナイフを捨てずにいた理由だって、本当のところはわからない。

高塚は否定も肯定もせず、膝の上で両手の指を組んだ。

「貴女がどうして、赤崎の弁護費用を出したのかも、ようやく理解できました。感謝からじゃない、罪悪感からですね」

真実が明らかになれば、夫と同時に、娘まで失うかもしれない。水緒が強い恐怖を感じただろうことは、想像に難くなかった。なかったことにできるならと、本当なら叶うはずもない願いを抱いてしまったとしても無理もない。運命のいたずらというべきか、たまたまその場にいた赤崎は、この上なく犯人役にふさわしい男だった。

自分と娘が口をつぐんでさえいれば、中学生の娘が実の父親を刺したというショッキングな真実は公にならないで済む。何も見ていない、何も覚えていないと繰り返して、黙って、進む裁判から、赤崎を犯人であると決めつける報道から目を逸らして耳をふさいで——とても、理解できる行動だ。人間らしい。

そのために犯してもいない罪を背負うことになった相手に、せめて質のいい弁護をという考えも、偽善的で、欺瞞に満ちて、自分勝手で人間的だ。

理解できる。

「お願い。あの人がやったんじゃない。でも、本当のことは言わないでください」

水緒の声は懇願に近い。

高塚はコーヒーテーブルの上のナイフに目をやった。

被害者の血と、佐奈の指紋のついたナイフ。赤崎の無実を証明できる、唯一の証拠だ。

この存在を明らかにすれば、きっと、再審は認められる。

しかしこのナイフは、真犯人を示す証拠でもある。

赤崎の利益はすなわち、依頼人の不利益だった。

高塚はソファからゆっくりと立ち上がり、水緒に向き直った。

依頼人は水緒だ。高塚は彼女に金をもらって動いている。彼女の意向に反することはできない。しかし同時に、いやそれ以前に、自分は赤崎の弁護人だ。

(ここで赤崎に味方したって、一円の得にもならないけど)

心の中でだけ苦笑した。

答えは決まっている。

「私は赤崎桐也の弁護人です。彼の不利益になることはできません」

作り物だの何だの、赤崎にはさんざん言われたし、正義感の強いタイプではないという自覚もあるが、弁護士としてそこまで落ちてはいない。無実の証拠を、握りつぶすような真似はできない。

水緒の目を見て、はっきりと言った。

その答えを、彼女は予期していたのだろう。泣いたり、怒ったり、取り乱すようなことはしなかった。その代わり、一度目を閉じて息を吐く。ふっ、と彼女の肩から力が抜けたのがわかった。

そしてゆっくりと目を開けた彼女は、見たことのない表情をしていた。

何かを吹っ切ったように、背筋を伸ばし、まっすぐに高塚を見る。これまでの頼りなげな彼女とは違った。夫を失った妻の顔ではなく、ドメスティックバイオレンスの被害者の顔でもなく、母親の顔だ。

「だったら、貴方を解任します」

きっぱりと迷いのない声で告げる。

「……貴女に、弁護人の解任権はありませんよ」

「ええ。でも、私は今日以降、赤崎さんへの弁護活動に対して貴方に報酬を支払いません」

赤崎の弁護をするなら、ボランティアとしてやれということだ。

水緒はもう、赤崎のバックアップをしない――場合によっては、敵にも回るという意思表示だった。

これで、高塚にとって、赤崎の弁護人でい続けることには何のメリットもなくなる。

水緒が株式のほとんどを所有する会社は、高塚の所属事務所の顧問先であり、水緒個人も上客であるということを考えても、すぐさま手を引くべきだった。迷う余地もない。

答えは決まっていた。

うつむきも目を逸らしもしない水緒を、高塚は無言で見返した。

+++

最初、赤崎の弁護費用を水緒が出すと聞いたとき、高塚はその行動を理解できないと思った。

しかし、そこには理由があった。

理由を知った今でも、彼女の行動について、賛同はできないし、共感もできないし、本当の意味では理解できたとも言えないかもしれないけれど——少しだけ、わかったような気にはなれた。

わからなかったのは、知らなかったからだ。

知ることで少しは近づけた気がする。その実感すら思い込みでないとは言い切れなくても、高塚はそう思う。

赤崎のことは、今も理解できないままだ。そして高塚はずっと、それを仕方のないことだと思っていた。

人間同士でも理解することは難しいのに、獣の心理なんてわかるはずもないと、そう思っていたけれど——赤崎も人間だと言った、あの若い女性刑務官の言葉を思い出した。

「スポンサーはこの事件から手を引くって。俺にも手を引けってさ」

高塚が事件の真相に気づいたと知っても、赤崎は、へえ、気づいたのか、というようにわずかに目を細めただけだった。まったく可愛げがない。だから高塚も、できるだけなんでもないことのように告げる。

「わかるだろ。俺の雇い主だよ」

一瞬目を見開き高塚へ視線をよこした北田は、すぐに表情を消し、何も聞かなかったかのように手元へ視線を戻していた。さすがだ。

赤崎の表情はやはり変わらない。ちょっとくらいは動揺してみせろと悔しくなったが、勿論高塚も、表情には出さない。

「でもさあ、俺はあくまで、おまえの弁護人なんだよね。雇い主が別ってだけで。委任契約は俺とおまえの間のものなわけ。彼女が言うには、俺はもう解任されたらしいけど」

わざと横柄な態度でパイプ椅子に背中を預け、背もたれに頭をのせた姿勢で続ける。

「選任したり解任したりする権利は彼女にはないんだよ。あくまでスポンサーが降りたってだけの話で。まぁもうお金もらってないわけだから、俺がおまえを弁護する理由もないわけだけど」

委任関係を終了させるには、赤崎が高塚をクビにするか、高塚が自分から辞めるかしかないのだ。高塚がそう説明すると、赤崎は台の上に片肘をつき、眉をあげた。

「俺のサインが必要だなんてめんどくせえこと言うんじゃないだろうな。おまえが勝手に辞めりゃいいだろうが」

「ま、そうなんだけどね」

視線を逸らして、注意書きの貼られた横の壁を見た。

辞めないでくれと懇願されることを期待していたわけではないが、こうも執着のない様子を見せられるとやはりおもしろくない。

自分のような有能な弁護士に弁護してもらえることがどれだけの幸運か、赤崎はもっと理解するべきだ。

「おまえが俺を雇うなら、引き続き弁護すること、考えてやらないこともないけど」

高塚が言うと、赤崎は大して残念そうでもなくあっさりと答える。

「そんな金ねえよ」

「だよね」

立ち上がった。

鞄をとって背を向ける。

狭い面会室では、振り返ればすぐそこが出口のドアだ。

ノブに手をかけた状態で、三秒ほど考えた。

事件の真相を知っても、まだ、赤崎のことはわからない。余計わからなくなったと言ってもいい。

これから先も、わからないままかもしれない。

水緒や阿久津や山本とは話が違う、どれだけ深く知ったところで、理解できない相手もいて、赤崎がそうなのかもしれない。

しかし諦めるのは、知ってみてからでも遅くない。

「また来るよ」

振り向いて、ついでのように、当たり前のことのように言った。

赤崎が目をあげて高塚を見る。

ほんの少しだが、その顔に意外そうな表情が浮かんでいたことに気をよくして、今度こそ背を向けドアを開けた。

第五話　追放／解放

1 阿久津真哉

その報せが届いたとき、阿久津は風呂場で煙草を吸っていた。

煙草の匂いが壁紙につくのを、妹が嫌がったからだ。

両親を亡くして以来二人暮らしをしていたアパートは狭くて、ベランダもなかった。

未成年ではあるものの年上に見られることが多かったので、外で喫煙していても注意を受けるようなことはまずなかったが、さすがに自宅アパートの外での喫煙は憚られたから、家にいるときは一番換気のいい風呂場で吸うのが常だった。

だから電話の着信音は少し離れたところで鳴っていて、出るのが遅れた。

もったいないと思いながら、まだ吸える煙草を消したのを覚えている。

阿久津はその着信を、妹からのものだと思った。帰りが遅くなるとは聞いていた、友達の家に泊まるかもしれないとも聞いていたから、その連絡だと思った。

電話は警察からだった。

もう十年になる。

今でも夢に見る。

＋＋＋

半円状の運動場をぐるりと囲む塀にもたれるようにして、ハンドボールに興じる受刑者たちを眺める。

何度もメンバーは入れ替わったが、見慣れた光景だ。

砂埃に目を細めていると、

「浮かない顔だね」

砂を踏む足音がゆっくりと近づいてきて、声をかけられる。

「いつも大体こんなもんですよ」

穏やかな笑みをこちらへ向けてくる、宮木に笑顔を返した。

「宮木さんこそ、大丈夫ですか。朝、何か顔色よくなかったみたいだけど」

嘘だった。同房者の顔色にいちいち気づくほどマメではない。

単に自分が、夢見が悪くて目が覚めて、暗い房の中で薄目を開けていたら、同房で別の誰かが身体を起こしているのに気づいた。自分のほかにも、夢にうなされて目を覚ました人間がいるのだと知って、こっそり目を向けたら、それが宮木だった。それだけだ。

そうとも知らず宮木は、鋭いなあと苦笑する。

「昔の夢を見てね」

笑みを消さないまま、少し目を伏せるようにして言った。

その表情で、それがどんな夢だったのか、大体の想像はついた。

悪夢というわけではない、けれど目覚めた瞬間に胸がしめつけられるような、そんな夢を見ることは阿久津もある。

二度と会えない人が自分の名前を呼ぶ、二度と手に入らないものがどれだけ大切だったかに気づかされる、そんな夢だ。

阿久津は何も言わずにハンドボールをしている一団へ目を向けた。

いつだったか、繰り返し見る夢があるのだと、宮木が話してくれたことがある。

かつて同じ房でともに過ごした友人が、自分に手を差し伸べる。夢を見ている自分は、その手をとりたいと強く願うのに、今すぐその手をとれと叫びたいほど思うのに、夢の中の自分は決断できない。手をとれずにいるうちに彼は消え、目覚める前の瞬間に、二人で行こうと約束した場所に一人きりでいる彼の姿が見える。そうして唐突に夢は終わる。

宮木が阿久津に夢の話をしたのは、一度きりだ。ずいぶん前のことだった。しかしそれからも何度も――阿久津が気づいただけでも数回――宮木は夜中に夢を見て起きることがあった。そのたびに彼は、今と同じ顔をしていた。

友人の手を取らなかったことを、彼が今でも悔いていることを知っている。

阿久津の夢は、誰にも話したことがない。

「もうすぐだね」

少しだけ声の調子を変えて、宮木が言った。

「出所。長かっただろう」

「……そうですね」

長かった、だろうか。十年。

実感が湧かない。考えないようにしていたせいかもしれない。

塀の外にいる自分を、想像できなかった。

「うらやましいよ。私は、まだずっと先だ」

「……宮木さんも、すぐですよ」

気休めにもならないことを言っていると、自覚はあった。

宮木は寂しそうに笑った。

その顔から目を逸らす。

うらやましいのは自分のほうだ。

ここを出る日を待ち望んでいる、仲間たちには言えない。

けれどここから出たいと、望んだことは一度もない。

望めれば——未来に希望を持てればよかった。

塀の外には何かあると、思いたかった。

先に待つのが救いだと、信じられたらどんなにか。

（でも、何もねえだろ）

待つ人はいない。失ったものは、塀の中にいても外に出ても、失ったままだ。外へ出てしまえば、より強くそれを思い知るだけだ。

塀の外には、何もない。阿久津はそれを知っている。

誰にも言えないけれど、本当は、最初から、ここへ来たその日からずっと。

（俺は）

ここを出るのが怖い。

2 河合凪

ごめんなさい、ちょっといいかしら、と一階の受付の前で呼び止められた。

振り向いて見れば、先ほど凪が面会室まで案内した、阿久津の面会相手の女性記者だ。

面会を終えて帰るところで、凪を見つけて声をかけたらしい。

目が合うと、親しげな笑顔を向けられた。

「阿久津真哉の出所、もうすぐよね。彼の様子に変わったことはない？」

「……特には」

不快な印象は受けなかったが、警戒しながら答える。

愛想のない凪の返答にも、記者は気を悪くした風もなく質問を重ねた。

「出所が何月何日の何時頃かってことは、決まってるのかしら。刑期満了の日は調べたんだけど、受刑中に病気で入院したりして刑の執行が止まった期間がある場合は延長するって聞いて」

阿久津は今も、雑居房で生活している。いつごろ釈放前教育寮へ移るという話も、凪はまだ聞いていない。仮釈放がない場合でも、遅くとも出所の一週間前には今いる房から移されるはずだから、今月中の出所はないということだろうが、そんな情報をおいそれと記者に漏らすわけにはいかなかった。

「すみません、知っていても、教えるわけには……」

「そうよね。ごめんなさい。ああいう事件は特に、扱いも慎重にされるんだろうなってわかってたんだけど」

ああいう事件、という言い方が引っかかって、彼女を見る。

話題になった事件、という程度の意味かもしれないが、なんとなく含みがあるように感じた。

「そうか、今の若い子はあんまり知らないのかな。十年前は大騒ぎになったんだけど」

女性記者は、凪の表情を読み取ったらしく、少し首を傾けるようにして言う。

「でも、意外。刑務所の人はそういうの、全部把握してるのかと思ってた」

「大体は聞きますが、事件の詳しい内容までは」

殺人事件だとは聞いている。当時話題になった大きな事件だということも。記者が何年も取材を続けているからには、それだけの理由があるのだろうということもわかる。

しかし事件を起こした当初阿久津は未成年で、情報が公開されていないせいもあり、そう簡単には調べられなかった。刑務官としての凪の立場上、真剣に調べようと思えばどうとでもできるのだろうが、なんとなく気が咎めて、こっそりインターネットで検索をかけてみることくらいしかできずにいる。

「……どういう、事件なんですか」

彼女は最初から、話題をそちらへ持っていきたかったのかもしれない。こちらから踏み込むようなことをすべきではないのかもしれないと思ったが、気になった。

ちらりと目だけ動かして、他の刑務官が通りかかったりしないかを気にしてしまったのは、やはりまだ後ろめたさがあるからだ。阿久津は決して問題のある受刑者ではなく、刑務官としての職務を果たすために彼の過去を知る必要があるという言い訳は通用しないとわかっていた。

ただ凪個人が知りたいだけだ。理由は自分でもよくわからない。しかし興味本位に他人の過去を知ろうとするのは、なんだか、浅ましい行為であるような気がしていた。

凪の内心を知ってか知らずか、女性記者は待っていたとばかりに、「酷い話よ」と話し始めた。

阿久津は早くに両親を亡くし、高校生の妹と二人暮らしをしていた。伯父(おじ)夫婦が後見人だったが、阿久津が働くようになってからすぐに、二人で小さなアパートを借りて住み始めたらしい。仲のいい兄妹（きょうだい）だったそうだ。

しかし、ある日事件が起きた。

阿久津が加害者となった事件とは別の、すべての始まりとなった事件だ。

阿久津の妹、当時高校一年生だった阿久津実花（みか）が、被害者になった。

彼女はその日、夜遅くまで友人たちと学園祭の準備をしていて、帰り道で、飲酒運転の大学生たちの車に撥ねられて死んだ。

加害者少年たちは全員が裕福な家の子で、彼らは在宅で取り調べを受け、審判を経て、四ヵ月間の保護観察処分を受けた。少年たちに前科はなく、反省を示していたことから、非行の深度は深くないと判断され、また、家族による監督等更生のための環境が整っていると判断された結果だった。

少年事件の審判は、加害者の罪を裁くことよりも、加害者少年の更生、保護を目的としている。遺族にとっては納得がいかないだろうが、裁判所の決定としては妥当なところだった。

妹を死なせた少年たちが、施設に収容されることもなく、これまでと同じように社会の中で生活をしていくことになっても、阿久津はそれについて一言もコメントを発しなかったそうだ。彼は当時、一度も取材には応じなかった。

しかし、事件はそれだけでは終わらなかった。

少年審判の後、保護観察の期間中に、少年グループの中の一人が告白をした。弁護士にでもなく、親にでもなく、どういった方法で連絡先を知ったのかはわからないが、阿久津宛に直接連絡があったのだという。

良心の呵責(かしゃく)に耐えかねたのか、それとも、少年たちの間でトラブルでもあったのか、その少年が真実を告白しようと思った理由はわからない。

阿久津に伝えられた真実は、残酷だった。

少年たちは、飲酒運転で事故を起こしたわけではなかった。

事件当日、彼らは全員飲酒をしていたが、運転ができないほどべろべろになっていたわけではなかったのだそうだ。ただ、酔って気が大きくなっていた。

駐車した車の中で大音量で音楽を聴きながら、次はどこへ行こうと話しているときに、最初に一人で歩いている実花を見つけたのは、告発者となったその少年だったという。可愛い子がいる、と軽い気持ちで仲間たちに教えると、リーダー格の少年が、声をかけようと言い出した。それで彼女が足を止めたら、車に乗せようと。

リーダー格の少年は以前にも、クラブで働く女性に暴行したことがあった。そのときは、父親が被害者に大金を支払って「なかったことにした」そうだ。事件として、立件はされなかった。

その事情も仲間内では知られていたそうだから、車に乗っていた少年たちの全員が、リーダーの提案に乗り気だったわけではないだろう。しかし、逆らうことはできなかった。リーダーへの媚びからと、その場の雰囲気に流される形で、全員が――少なくとも表向きは――賛同し、発案者のリーダーが、車の中から実花に声をかけた。

彼女は相手にしなかったそうだ。

グループの中の中心人物だった少年が、仲間たちの前で面目を潰されたことに腹を立てたのだろうことは想像に難くない。

彼らを無視して歩き去ろうとした実花を、生意気だからこらしめてやろうと彼が言い出すと、やはり誰も反対はしなかった。

少年たちの車は、徐行運転で、少しの距離を置いて、実花の後ろからついて行った。

冷たくあしらった相手の車に後をつけられていることに、実花はすぐに気づいたらしい。早足になり、時折振り向いて後ろを気にする様子を見せていたと、後で告発者の少年は証言している。

実花が車をやり過ごそうとしても、彼女が足を止めれば車も止まり、足を速めれば車もそれについて行く。そんな追いかけっこがしばらく続き、土手の上の一本道で、少年たちの車は実花を追い詰めた。

直線の道を、実花はとうとう走って逃げ出した。運転していたリーダー格の少年は少し距離をとってはアクセルを踏み、ぶつかる直前で急ブレーキを踏むことを繰り返し、彼女が驚いて逃げるのを楽しんだという。

一本道を三分の一ほど進んだところで、実花の走るスピードは落ち始めた。そのタイミングだった。

アクセルを踏むタイミングを誤ったのか、それとも、わざとあててやろうと思ったのかはわからない。少年が最後にアクセルを踏んだとき、車は一直線に少女へ向かって走り、彼女の身体を撥ねとばした。

軽い身体は地面に叩きつけられ、土手を転がり落ちて、斜面の途中で止まった。

後部座席の少年たちは青ざめたが、ハンドルを握っていた少年は、それを見て笑っていたという。

車はそのまま走り去り、実花は置き去りにされた。

自転車でその道を通りかかった大学生が倒れている彼女を発見して救急車を呼んだが、病院に着いたときにはもう、息をしていなかったそうだ。

事故ではなかった。

阿久津実花は、殺されたのだ。

「阿久津真哉は、保護観察中の少年たちのところへ乗り込んだの。どうやって居場所を知ったのかは言わなかったけど、多分その告発者の少年から聞いたんじゃないかしら。彼らは、地下にある会員制のクラブにいたんですって。知り合いのやっているクラブだから安心だって、保護観察中なのに、飲酒もしてたって聞いた」

阿久津実花に起こったことの話が終わり、阿久津真哉の話に入ると、それまで淡々と話していた記者が、反応を確かめるかのように凪のほうを見た。

阿久津がここに収容されていること、罪名が殺人だということ、彼の妹に起きた残酷な出来事。照らし合わせれば、その後何が起こったのか、大体の想像はつく。先を促すつもりで、凪からも目を合わせた。

「……阿久津の事件の、被害者になったのは」

「そう。主犯格の少年よ。ちょうど、事件のことを得意げに話しているところだったらしいわ。もう処分が決まったからって、安心してたんでしょうね」

現場にいた子から聞いたんだけど、と、きちんと整えられた眉が、ほんのわずか、寄せられる。

「彼は酒を飲みながら、『おとなしくやられてりゃよかったのに、ブスがお高くとまりやがって』と、言っていたそうよ」

心臓をぎゅっとつかまれたような気がした。

阿久津はその言葉を聞いたのだろうか。

どう思ったのだろう、彼は、たった一人の家族だった妹が、どれだけ理不尽で残酷な死に方をしたのかを知って、そしてその犯人が、彼女を撥ねたときも、審判を終えた後も、まったく罪悪感を覚えていないということを目の当たり（ま）にして。笑っている彼を前にして。

無意識に制服の胸元をつかんだ凪に、記者は一度目を向けてから、また視線を正面へ戻す。

「阿久津真哉はすごく落ち着いているように見えた、無表情だったって、現場にいた子たちは証言してるの。だから、会員制のクラブに知らない人間が入ってきて、近づいてきても、少年たちは危機感を持たなかったって」

ゆっくりと両腕を組んで続けた。

「阿久津は、主犯格の少年の前に立って、相手の名前を確認して、自分も名乗ったんですって。それで初めて、少年は阿久津が誰かに気づいたみたい。法廷でも会ってたはずだけど、覚えてなかったのね。目も合わせなかったでしょうし」

「……殺したんですか」

凪の直截な問いに、彼女は静かに頷く。

「携帯缶に入れて持ってきたガソリンをかけて火をつけて、正面からナイフで刺したの」

言葉を失った。

凪の反応は予測できていたのだろう、記者は表情を変えずに凪を見る。

「見たことない？　阿久津真哉の腕の内側に、火傷の痕があるでしょ」

ここよ、と、右手のひらで、腕組みしたまま左腕の内側を軽く叩いてみせた。

左腕の内側に火がつくということは、右手でナイフを持って、反対側の腕で相手を抱え込むようにして刺したのだろう。そのほうが深く刺さる。

自分に燃え移ることも厭わなかったということだ。

（大勢のいる前で、相手に向かって、真正面から）

ガソリンを持っていったということは、最初から殺すつもりだったということになる。

そして、相手の陣地へたった一人で乗り込んで、冷静に、淡々と、迷いなく実行した。

そこから感じるのは、ぞっとするほど冷え切った憎悪だ。

今の、肩の力の抜けた（ように見える）阿久津からは、想像もつかない。

「この間の面会で、私、後悔してるかって訊いたの。答えは聞けなかったけど」

思わず顔をあげた。

報復殺人で服役中の受刑者への質問としては、かなり踏み込んだ質問だ。

表情に出ていたらしく、凪の顔を見て記者は苦笑する。

「後悔するべきだって言うつもりはないのよ。訊きたかっただけ」

十年もの間、阿久津の取材を続けてきたという彼女だからこそ、思うことがあるのだろう。どう説明すればいいのかと迷うように、少しの間困った顔をして、それから、どこか心配げな表情を浮かべて、目を伏せた。

「後悔しててもしてなくても、決められた時間刑務所で過ごして罪を償えば外には出られるけど。憎しみのために罪を犯して、償いのために塀の中にいる間中ずっと憎しみは消えないままで……外へ出てからも憎み続けるしかないなんて、ちょっと救いがないなって思ったから」

被害者遺族が加害者になり、新たな被害者を生んだ事件だ。

加害者少年は、悔いることのないまま死んだ。阿久津はきっと、彼を殺したことを悔いてはいない。

後悔しているかと彼女が阿久津に訊いた、その理由がわかる気がした。

阿久津が殺したいほど憎んだ相手は、もういない。しかしもし彼が生きていて、出所した阿久津の前に現れたら、阿久津はきっとまた殺すだろう。

後悔しないというのは、そういうことだ。

ここで過ごした十年間が、阿久津を少しも変えなかったのだとしたら、この十年に意味はあったのだろうか。

この場所に、意味はあるのだろうか。

「飯食わないのか」

待機室のソファで、昼食のおにぎりを手に持ったまま考えていると、頭上から声が落ちてきた。見上げると、菊川が湯呑みを差し出してくれている。

礼を言って受け取った。

菊川は、凪の向かいに置かれた一人掛けのほうのソファに腰を下ろした。

話し出すのを待ってくれているのを感じたので、甘えることにする。

「……ここへ来て、出て行くまでの間に、人は変わるんでしょうか」

凪がそう問いかけると、菊川は安物の煎茶をすすりながら、うーん、と唸って眉根を寄せた。

「どうだろうなあ。まあ健康にはなるだろうが」

強制的に、早寝早起き、毎日決められた時間労働して規則正しい生活を送ることで、間違いなく、身体は変わる。生活や体調が変われば、精神状態も変わるだろうし、酒やクスリで道を踏み外した人間は、それらから離れて本来の自分を取り戻せるだろう。しかし、何に溺れたわけでもなく、誰に影響されたわけでもなく、自分の意志で罪を犯した人間は。

——ここで過ごすことを、罰とも思っていない人間にとっては。

「目に見えて変わる奴もいるが、全員じゃないし、見えるとこだけじゃ判断できないしな。ここに来たからって、それまでの人格がリセットされて生まれ変われるわけじゃないから、根っこのところから変えるってのは難しいかもな」

左手に持った湯呑みを膝の上に下ろし、右手で自分の顎を撫でながら菊川が言う。

ベテラン刑務官の回答としては意外だった。

両手で湯呑みを持って見返す。冷めるぞと言われ、口をつけた。

「ただまあ、時間はたっぷりあるからな。生まれ変わるのは無理でも、自分を見つめ直すというか、そういう……きっかけにはなるだろう。人ってのは、どこにいたって、時間がたてば多少なりとも変わるっつうか、成長するもんだし」

学校みたいだ、と思った。ここにいること自体が罰である刑務所と、教育の場を一緒にはできないとわかっているが、似ている。

隔離された小さな社会の中へ放り込まれて、規則に従って生活して、色々なことを教わって、決められた時間が過ぎれば、出て行く。望んでも望まなくても。

しかしここが変わるための場所なら――そうでなくても、この場所で長く過ごせばいつのまにか、多少なりとも成長し、変わっているはずだというならば。

変わらないのは、変わりたくないからか。

変わる必要はないと、頑なに信じて――むしろ、変わるまいとしているからだろうか。

「なあ、河合、それは誰の話だ？」

真剣な声で尋ねられ、顔をあげると、心配そうにこちらを見ている菊川と目が合った。

質問の意味がわからずにいる凪に、菊川は、どう話したらいいのかわからないというように視線を彷徨わせる。あー、その、なんだ、と、しばらく口の中でもごもご言っていたが、

「何が言いたいのかっつうとだ。……俺ァ、この仕事に誇りを持ってやってる」

がしがしと頭を掻きながら口を開いた。

「俺の親父もじいさんも、刑務官だった。二人とも、俺の尊敬する男だった。ガキの頃

から、制服姿に憧れてたってのもあってな」

何の話かわからないまま聞いているのが菊川にも伝わったのだろう、もどかしそうに声を大きくし、つまり、と続ける。

「俺はいたくてここにいるんだ。これが俺の一生の仕事だと思ってる。けどおまえは違うだろう」

最後の一言に、はっとした。

予想外の言葉だった。

菊川の声に、非難する色はない。凪にもそれは伝わっていたが、咎めるつもりのないことをさらに強調するように、菊川は声のトーンを落とす。

「おまえも、北田もそうだな。俺みたいなのから見ると、おまえらはなんていうか、もどかしいっつうか……そんなわざわざ悩むというか、自分を追い込まなくていいのにって思うよ。なんかこう、自分で自分を閉じ込めてるみたいに見えるんだな。この場所のせいかもしれんが」

いいか、と、低く静かに、しかし力強い声で、言った。教師が生徒を諭すときのように。

「おまえらは懲役とは違うんだ。自分で選べば、いつだってここから出て行ける」

当たり前のことを、真剣な表情で告げる菊川を、笑うことはできなかった。

こうして、当たり前のことをわざわざ言ってわからせる必要があると、菊川が思ったということだ。

真剣に受けとめなければいけないと、ソファの上で姿勢を正す。

菊川はそんな凪を見ると、少し笑って付け足した。

「自分で踏み出さなきゃ、永遠に出て行けねえけどな。懲役と違って、俺たちには刑期がない」

「……はい」

刑務官である凪たちは、受刑者たちのように、法に基づいてとらわれているわけではない。

しかし、本当は、とらわれているのかもしれない。

北田がどうかは知らないが、少なくとも凪には、自覚があった。

ここで働くと決めたことに、幼少期の事件が関係していなかったとは言えない。

菊川はどうも、凪が考え込んでいるのを見て、職務上の悩みがあるのだと思ったようだった。そしてそれが、凪自身の内面に起因するのではないかと考えている。

それは正しいのかもしれない。二十六年もの間刑務官として、数え切れないほどの受刑者たちを見守ってきた菊川だ。凪自身よりも早く、それに気づいたのかもしれなかった。

(阿久津のことが気になったのは)

こんな場所にいても自由な彼が——自由に見えた彼が、自分とあまりに違うからだと思っていた。

けれど、違ったのかもしれない。

凪は手にした湯呑みへと視線を落とした。

罰と更生のための場所という本来の目的を、本当の意味で果たせているかについては疑義があるとしても、少なくともここは、ただ時が過ぎるのを待つための場所ではないはずだった。

生活を改め、自分を見つめ直し、外へ出たときの準備をする。歩き出すための用意をする場所だ。

ここへ来る人間は、一歩足を踏み入れた瞬間から、いつか出て行く日のことを思う。そのときを目指して、一日一日を積み重ねていく。

その日がいつか来るということを考えない受刑者などいないはずなのに、阿久津だけがまるで、その日について考えたこともないように「自由に」振舞うのは——もしかしたらと、思ったことはこれまでにもあったけれど。

(考えたくなかったのか)

どうでもよかったのではなくて。

ここから、出たくなかったのか。

思考を止めて、歩くことを止めて、何も持たない代わりに何も奪われないこの場所に、とらわれたままでいたかったのか。

何の目的もなく、ただここにいるためにここにいるという意味では、凪も阿久津も同じことだ。

結局のところは、逃げ場所のようなものだった。

無言になってしまった凪に、

「あれ、なんだ、そういう話じゃなかったか?」

菊川が、眉を下げ、頭に手をやって言う。

「……いえ」

首を横に振った。

上司の慧眼に感服し、感謝しながら顔をあげる。

「そういう、話です」

ここで何を得て、ここを出て、次にどこへ行くか。

それを見つけるには、凪にはまだ時間が必要だった。

しかし阿久津はもう十分ここにいた。そろそろ、先を見るべきときだ。

3 阿久津真哉

壁にもたれて脚を投げ出し、傷痕の残る右手のひらを目の高さに掲げる。

鏡の破片でばっさり切った傷はもう、ほぼ治りきって、怪我をする前と変わらない状態になっていた。指先を使う細かい作業にもまったく支障はない。大事な神経や腱は傷ついていないと、西門が言っていた通りだ。ただ、傷痕は消えないかもしれないと、西門からは聞いていた。

今さらだ。

右と同じように袖をまくりあげた左腕を持ち上げて眺める。

腕の内側の引き攣れた火傷痕は十年も前のもので、痛みも違和感もまったくない。

今でも痛むか、痕を見るたびに思い出すかと、長く取材されている女性記者に訊かれたときには笑ってしまった。

火傷を負ったときも、痛みなど感じなかった。

火傷の痕など見なくても、事件のことなら憶えている。

いつだって、気を抜けば引きずり戻される。

電話をかけてきた少年の震える声も、薄暗いクラブのソファで「武勇伝」を語っていた相手の笑った顔も、全部、簡単に呼び起こすことができた。

名前を呼んで確かめた。名乗っても、相手は一瞬、理解できなかったようだった。ガソリンをかけた。目の前の顔から笑みが消えた。

大した手ごたえはなかった。ナイフは簡単に埋まった。

何の感慨もなかった。

ガソリンの匂いも炎の熱さも、相手の悲鳴も、恐怖の表情も。何も、阿久津を思いとどまらせなかった。
殺意があったかと警察で訊かれたから、肯定した。
当たり前だ。最初から殺すつもりだったし、最後までその気持ちは揺るがなかった。
面会室でのやりとりを、ぼんやりと思い出す。
記者に訊かれた、確か前にも。
北田にも訊かれた。
答えたことは一度もないが、答えなど決まっている。
(後悔してる?)
まさか。

+++

突然北田が呼びに来て、房を出るまで用件を言わないので、もしやと思ったら案の定。
他の受刑者たちに聞こえないように、廊下に出てから告げられる。
「釈前教育の説明です」
来たか、と思った。
要するに、釈放準備指導だ。出所のための準備をする期間に入るということ。
ここを出る日が、近いということだった。

「来月には教育寮へ移ることになります。これから説明がありますが」

半歩前を歩きながら、北田はいつも通り淡々と話す。

「仮釈放を希望しなかったんですね。釈放の前日まで作業することになりますよ」

「別に。することねえし」

「一応言っておきますけど、あなたは満期釈放ですから。今後懲罰を受けても、釈放が遅れることはないですよ」

どういう意味だ。

阿久津は思わず北田の横顔を見る。しかし彼は進行方向を向き、こちらを見てもいなかった。

「……何だそれ。好き好んで懲罰受ける懲役がどこにいんだよ」

「だから一応です」

眉一つ動かさずに答える。

他意はないのかもしれないが、――いや、ないわけがない。

見透かされるのは自分が未熟なせいだとしても、それを指摘されるのはいい気分ではなかった。しかしそれを表情に出せば認めたようなものだ。努めて平気な顔を作り、何気ない風を装って話題を変えた。

「……話し方、それいいの」

さっきから、敬語になっている。

彼はサイボーグか何かのように、マニュアル通りの「刑務官らしい」話し方で受刑者たちに接していたはずだ。

「ああ」

北田は、指摘されて初めて気づいた、というようにわずかに視線を動かしたが、

「もうじき釈放ですし。いいんじゃないですか。あなたが言わなければ」

ほんの数秒の沈黙の後、あっさりと言った。

「……薄々気づいてたけど、あんた結構変な奴だな」

「そうですか。あまり言われませんけど」

そういえば、初対面のときは敬語で話しかけられた気もするから、こちらが素なのかもしれない。

敬語でも、特に親しげになったわけではなく、硬い印象は変わらなかった。

「もうすぐ出て行くのなら、訊く機会もなくなるので、もう一度訊きますけど」

そこで初めて、北田は歩みを止め、阿久津のほうへ顔を向ける。

目が合った。

「後悔してますか」

北田にこの質問を投げかけられるのは初めてではないが、おそらくこれが最後だろう。最後くらい、答えてやってもいい。何故そんなことを聞きたがるのか、理由は知らないが、興味本位で訊いているわけではないらしいことは見ていればわかった。

本心を教える義務などないが、足かけ二年、飽きもせず、忘れた頃に同じ質問を繰り返した、その執念に敬意を表して。

してねえよ、と、そう答えれば終わり。

そのつもりで口を開いて、

「――――」

何故か、言葉に詰まった。

迷う必要などない、これまでも一度も迷ったことなどなかったはずなのに、今になって。

間違いなく憎悪は消えていない、それどころか、ほんのわずかも薄れることさえなかったはずなのに――断言できずにいることに、自分でも混乱する。

答えが出せないのなら、適当なことを言ってこの場を流せばいいだけのはずが、それすらもできなかった。答えが出せないことそれ自体がショックで、わけがわからなくて。

気がついたら口から出ていた。

「わからない」

信じられない。

言ってしまったことが、屈辱的ですらあった。

かっと喉の奥に熱が湧いた。自分自身への憤(いきどお)りだ。

北田はじっと阿久津を見ている。

「私はしています。何もしなかったこと」

やがて、静かに口を開いた。

床へ落としていた視線をあげる。目が合う。

「昔、私のことを好きだと言ってくれた少女が、犯罪の被害者になり、自殺しました。私は何もしなかった。加害者少年たちが今、どこでどうしているのかも知りません」

前触れもなく、告げられたのは北田自身の過去だった。

反応を返せずにいる阿久津にかまうことなく、淡々と続ける。

「今でも後悔しています。でも、あのときに戻れるとして、もう一度選べるとしても、違う行動をとれるかどうかはわからない」

北田が少し目を伏せたので、視線が逸れた。

ひどくプライベートな話をしているのに、北田はいつもと変わらず、感情の読み取れない声と表情のままだ。

「何をしても、何もしなくても、後悔する気がします。だから、何が正しいなんて言えない。多分一生考えても答えは出ないでしょう」

どうすればよかったかなんて。

静かな声に、何故か、落ち着かなくなる。

北田は平然としているのに、阿久津の胸の内側で、じわりと何か、嫌なものが湧いた。

怒りや嫌悪とは違う、居心地の悪さ。思いつく中で一番近い感情は多分、――不安、あるいは、恐怖だ。

(何だそれ)

何を恐れる必要がある。

冗談じゃない。

後悔なんてしない。

自分は変わってなどいない。

けれどそれが本当なら、迷いなく今そう言えたはずだった。

「あなたが後悔していないなら、私はあなたがうらやましい。でもそれが、あなたにとっていいことなのかは、わかりません」

言うだけ言って、北田はまた前を向き、歩き出した。

何事もなかったかのような顔をして。

数歩歩いたところで、阿久津がついて来ないのに気づいたらしく、足を止め振り返る。

しかし、靴底が廊下に吸い付いてしまったかのように、足は動かなかった。

急かすこともせず、北田はただ待っている。

背中が冷たかった。

努力して、重い足を持ち上げた。

＋＋＋

数年ぶりに顔を見た副看守長との話を終え、部屋を出ると、待っていたのは北田ではなく凪だった。

北田は、他の刑務官では対応しきれない仕事のために呼び出されることも多いから、何か別の仕事が入ってそちらへ行ったのだろう。

凪に付き添われ、房へと続く廊下を歩く。

制服の襟から伸びた、細い首を斜め後ろからぼんやりと眺める。

彼女も、自分の釈放が近いことを知っているのだろうか。きっと知っているだろう。どう思っただろうか。

人を殺すのも人だと、他とは違う事情があっただけだと、そう言った彼女は。

(俺全然反省してねえんだけど。更生が収容の目的なら、果たせてないんだけど)

仮釈放とは違うから、本人が反省しているかどうかや教育の成果は、釈放の期日に影響しない。

(それでいいのか?)

何年か塀の中で過ごせば終わりなんて罰としては足りない気がすると、山本が言っていたのを思い出す。

まさに自分のことだった。

自分は塀の中で十年、ただ過ごしただけだ。

あのときから少しも変わっていない。「更生」も「成長」もしていない。

人殺しのままだ。

(許せねえだろ、だって)

この世でただ一つ大切なものを、たった一人の家族を、遊びのように簡単に奪って、笑っているなんて許せないだろう。

たとえ罪が暴かれて、塀の中へ送られることになっても、数年で出て来るなんて。

生きているなんて。

反省も後悔もしなくていい、どうせ償うすべなんてない。

実花と同じように、突然すべてを奪われて終わればいい。

もう一度時間を戻してやり直せるとしても、やり直しなんてしない。思いは変わらないはずなのに、何故あのとき、北田にそう言えなかったのか、自分でもわからなかった。

「釈放前準備に入るって聞いた」

「……ああ」

前を歩きながら凪が言うのに、内心どきりとする。

何気ない風を装って答えた。

「実感湧かねえけどな」

「嬉しくなさそうにしてる」

「……嬉しくも、ないしな」

凪が歩く速度を落とし、こちらを見た。

咎めるように、というわけではない、疑うようなそぶりもない。ただ目を向けただけだが、その目から彼女自身の感情が読み取れないせいで、鏡を向けられているような気になった。

北田といい彼女といい、今日は何なんだと苛立ちが湧く。出所を控えた自分が、更生したかどうかが急に気になり出したとでも言うのか。

北田に対して見せてしまった失態を、二度も演じるわけにはいかない。

身構えつつ、視線を返す。

足を止め、身体ごとこちらを向いた凪は、まっすぐに阿久津を見て、言った。

「怖いの？」

ここから出るのが。

たった一言、誤魔化さない問いかけが、一瞬で奥まで届いて突き刺さる。

心の準備をしていたはずが、まともにくらった。

ずっと自覚はしていた恐れが、どこから来るものなのか、長い間わからずにいた。わからないまま、誰にも気づかれずに、自分でも忘れかけるほどに、うまく隠してきたつもりだったのに――北田だけでなく、凪にまで。

(見抜かれた)

用意していた言葉はすべて頭から飛び、真っ白になり――気がついたら。

右手で制服の左襟をつかんで、乱暴に引き寄せていた。

凪の驚いた顔が、触れるほど近くにある。

知らず、唇が歪んだ。浮かんだのは嘲笑(ちょうしょう)だ。

自分への。

「あんたは怖くねえの？」

望んだ通りの声が出た。

嘲るような、挑発するような。

一度引き寄せた身体を突き放すように壁に押し付けて、だん、と小さな顔の横の壁を左の拳で叩いた。

血が滲むほど強く叩きつけたから、衝撃が伝わっただろう。反射的に、凪が身をすくませたのがわかった。

「看守への暴行で、刑期って何年延びんの」

至近距離で囁く。

凪は答えなかった。

阿久津が何故ここへ収容されたのか、それがどんな事件だったのか。調べればわかることだ。彼女は知っているのだろう。そうでなければ、あんな質問は出てこないはずだ。

後悔も恐怖も、自分とは無縁だと、証明するように笑みを作った。赤崎のように、獣のように見えればいい。

大事なものはなくなった。十年前に。

だからもう何も怖くない。どうでもいい。

後悔なんてしていない。

何度だって殺してやる。

覗き込んだ目と視線が合った。

先ほどは驚きに見開かれていたその目に、今は、恐怖も怒りも浮かんでいない。

その名の通り凪いでいるかのように、静かだった。

「怖くない」

思わず動きを止めた阿久津から、目を逸らさずに彼女が言った。

その答えを聞くのは、二度目だ。はっきりとした声が続ける。

「あなたのことなら、怖くない」

「――――」

その言葉が、

その場しのぎの嘘でも虚勢でもないことは、阿久津にもわかった。

彼女は少しも怯えていない。

自分へと向けられた目も、声も、揺るがなかった。

みっともなく強がっているのは、自分のほうだ。

揺るがないものを直視して、自分の弱さを自覚する。

(失くしたくないものなんて)

もうとっくに失くした。だからもう、怖いことなんて何もない、はずなのに。

そうではないと知るのが怖い。


「一二六番、阿久津真哉」

背後から声が聞こえた。

ゆっくりと振り返ると、北田が立っている。

受刑者が刑務官を壁に押し付けているところに通りかかった先輩刑務官、にしては、ずいぶんと冷静だった。駆け寄って引き離す、くらいのことはしてもよさそうなものなのに、慌てた様子もなく、少し離れたところからこちらを見ている。

「懲罰。頭を冷やしなさい」

まるで子どもをたしなめるように言われ、いっそ笑えてきた。

見抜かれている。凪にも、北田にも。

これ以上は、余計情けなくなるだけだ。

両手をあげて抵抗の意思がないことを示し、凪から離れる。

凪は何か言いたげに阿久津を見た。

逃げるように背を向けて、北田のほうへ歩き出した。

壁に叩きつけた左手の皮膚が破れて、じくじくと痛み出していた。

4　河合凪

刑務官への暴行は、懲罰対象という以前に、それ自体が一つの犯罪だ。

阿久津はひとまず刑務官に対し反抗したということで取り調べを受け、懲罰審査会が開かれることとなったが、凪が事実を正確に申告すれば、数日の懲罰では済まないだろう。

「新たな罪で起訴され有罪になれば、当然刑期は延びることになりますね」

待機室へと移動する途中の廊下で、北田が言った。

以前阿久津が水谷を殴ったときは、暴行事件として立件はされなかった。前提にあった事件ごと、なかったことにされたのだ。とはいえこれで二度目となれば、審査の目も厳しくなる。

「何も、されていません」

凪が言うと、北田は静かに、「そうですか」とだけ言った。

それ以上は、何も追及しない。

阿久津はすぐに落ち着いて、少しも暴れず連行されたから、特別警備隊が出動するまでもなかった。現場にいたのも、凪と北田だけだ。

北田は足を止めると、立ったまま、クリップボードに挟んだ書類にさらさらとペンを走らせ、ボードごと凪に渡した。

「保護房の監視役をお願いできますか」

凪は書類を受け取り、先輩刑務官の、相変わらず感情の読めない顔を見る。

北田は用は済んだとばかりに、そのまま歩き出した。

「あの」

思わず呼び止める。

振り向いた北田は、やはり、いつもと同じ無表情だった。

「……ありがとうございます」

気づいたら口に出していた。

何をと訊かれるかと思ったが、北田は少しの沈黙の後、「いいえ」と短く答えて、今度こそ歩き去った。


保護房は、自分や他人に危害を加える恐れのある、攻撃的な受刑者や、興奮した状態の受刑者を、一時的に収容しておくための房だ。中で受刑者が暴れても怪我をしないよう、床も壁もリノリウムやゴムなどの柔らかい素材で造られている。

最近はもっぱら、赤崎の個室のようになっていたが、今はそこに阿久津が入っている。

北田が現れた時点で阿久津は落ち着いていたから、彼に自傷他傷の恐れがあるとは思えなかったが、ここへ入れられたのは、一晩頭を冷やせという北田からのメッセージだろう。

凪が房の前へ行き監視スペースに座ると、ラバーコートされた鉄格子の向こうで、阿久津ががくりと項垂れた。はあ、と深くため息をつき、

「襲われた本人を見張りに立てるか普通……」

苦々しげに言う。

呆れも混じったその口調は、すでにいつもの阿久津だ。

「何もされてないから」

凪が答えると、阿久津は目だけを動かして横を見て、「北田だな」と呟いた。

凪とは目を合わせず、ばつが悪そうにしている。

保護房の中にいて、逃げられないなら好都合だ。時間もたっぷりある。凪はパイプ椅子を少し前へずらして、距離を詰めた。

「どうして、ここを出たくないの？」

今さら探り合いをしても意味はない。直球を投げた。

阿久津は顔をあげ苦笑する。

「懲りねえな」

当然だった。

あれくらいで懲りてしまっては、思い切って尋ねた意味がない。

阿久津は頭を掻いたり、首をかしげたり、上を見たり下を見たりしていたが、じっと見つめて目を逸らさない凪に観念したかのように、やがて口を開いた。

「俺がここに来たきっかけの事件のこと、聞いてる?」

頷く。

「妹と二人暮らしだったってことも、知ってる?」

これにも頷いた。

阿久津は、うん、と少し言葉を濁し、困ったような笑みを浮かべる。

視線を凪からリノリウムの床へと落として、それからまた口を開いた。

「親が二人とも死んじまって、親戚がまあ後見はしてくれてたんだけど、妹のことは俺が面倒みなきゃってずっと思っててさ。負担とかじゃなくて、それがあったからなんとかやってこられたっつうか……励み? 支え……んー、責任感とか……わかんねえけど、守らなきゃいけないものがあったから自分もちゃんと歩けてたっていうか」

ゆっくりとだが、柔らかい表情と落ち着いた口調で、他人事のように言う。

阿久津が床から目をあげたので、阿久津から視線を逸らさずにいた凪と目が合った。

眩(まぶ)しいものを見たときのように、片目を眇(すが)めるようにして微笑まれる。

「そういう感じだったんだよな。あんまり考えたことなかったけど……考えてみればさ」

辛いことを話すとき、笑顔になる人間を、凪は以前にも見たことがある。

自分はもう大丈夫なのだ、平気な顔で話せるのだと、相手にわかってもらおうとするかのように。自分自身にも、そう言い聞かせるように。

無理をしないでと気遣うことは、むしろ彼を傷つけると知っていた。

ただ黙って聞いていた。

阿久津は口調をわずかに軽くし、

「だから今さら戻っても、何したらいいのかわかんねえし、意味もねえし、……釈放っていうよりむしろ放り出されるような感覚かもな」

そう締めくくる。

いつも通りの彼に見えた。

平気なわけがないことは、さきほどの反応でわかっている。平気なふりをしているだけに決まっているその様子が、いつもの阿久津らしく見えるということは、彼はいつも、平気なふりをしていたということだ。おそらくは自分でも、平気だと思い込んでしまうほど長い間。

しかし、ふりを続けていられるのは、この塀の中にいる間だけだ。

自分のことも他人のこともごまかして、平気なふりをして、外に出た後どうするのか。

(本当は怖くて仕方がないのに)

今はそれを隠せても、必ず外には出なければいけないのに。

凪はもどかしいようなやるせないような思いで唇を噛んだ。

阿久津にとって外の世界は、実花がいた、実花といた世界だ。しかしもう、そこに彼女はいない。

待つ人がいないから出る意味がない、というだけではない、阿久津は、妹のいない世界を、日の当たりにしたくないのだ。

外の世界とは、つまり、現実だ。

一歩足を踏み入れれば、直面せざるを得ない。

愛した人がもうどこにもいないということ。

自分一人が、彼女のいない世界で生きていかなければいけないということ。

これから何十年も。

(怖いのは当たり前だ)

しかし他人からの慰めは、阿久津にとって何の意味もなさないだろう。

考え、考え、それでもやはり、彼にかけるべき言葉は浮かんでこなかった。

もともと、思ったことを言葉にすることが得手ではない。

しばらくの沈黙の後、

「姉が父を刺したとき、私もその場にいたの」

ようやく口を開いた。

できることはそれくらいだった。

「夜、私の部屋に来た父を、姉が後ろから刺したの」

つまり凪は、姉に救われたということだ。

その言葉の意味を理解したらしい阿久津の、表情が変わる。

「あんまり覚えてないんだけど、姉に抱きしめられて、倒れた父の横を通り過ぎた気がする。それで、朝まで、姉と一緒にいたみたい。私は途中で眠っちゃったけど」

感情がこもらないよう、意識して淡々と続けた。

「部屋が暗くて、父がまるで知らない大きな動物みたいに見えて怖かった。でも、そう見えたのは一瞬で、そこにいたのはやっぱり父だったし、父も本当は色々悩んだり、苦しんだりとかも、してたのかもしれない。わからないけど。これからもずっと、わからないままだけど」

手が震えているのに気づいた。声は震えていないのに、多分顔も、いつも通りでいられているはずなのに。右手で、膝の上に置いた左手を強く握って、震えを止める。

「姉は人を殺したけど、あの頃からずっと優しくて、大好きで、怖いと思ったことなんて一度もない。父のことは、怖かったけど……でも、いなくなればいいなんて、いなくなったのがよかったなんて、思ったことはない。許せるかどうかは、別の話だけど」

二人とも、犯罪者ではあったけれど、得体(えたい)のしれない怪物などではなかった。自分の父と姉だった。人間だった。

「だから私は、ここへ来たんだと思う。この仕事を選んだ理由はそれだけじゃないけど、でも、私がここに来たことに、意味っていうか……縁みたいなものがあるなら、父のことや、姉のことや……自分についても、理解したり、理解できなくても考えたり、するためなんじゃないかって」

凪が阿久津を理解したいと思った理由には、なっていないかもしれない。

一方的に凪の過去について聞かされて、阿久津はわけがわからないと思っているかもしれない。

それでも、自分の精一杯だった。

阿久津は笑みを消して、真剣な顔で聞いていた。

話している間中、凪は阿久津の視線を感じていたけれど、話し終えた凪がそちらを見ると、今度はそっと目を逸らす。

また少しの間沈黙が続いたが、やがて、阿久津のほうから口を開いた。

「……悪かった。さっき」

八つ当たりだった、と小さな声で続けて、頭を下げる。

その様子は、装っていない、素顔の阿久津だと思った。

なんとなく嬉しくなって、口元が少し緩む。

「気にしてない」

凪がそう答えると、その顔を見た阿久津は何とも言い難いような表情を浮かべた。

視線をさまよわせ、何か言葉を探しているようだったが、結局何も言わないまま、決まり悪げに目を逸らしたままで黙りこむ。

沈黙が落ちたが、空気は重くなかった。

居心地の悪さを感じても不快ではない、どこか、くすぐったいような感覚。

まるで、友達同士が仲直りをした後のようだ。そう思い、少しおかしくなった。

もし自分がそれを口に出したら、阿久津はどんな顔をするだろうと想像した。

5 阿久津真哉

「雑菌が入っちゃったみたいだけど、大したことないわ。消毒だけしておけば大丈夫。一日一回、三日は通ってね。傷が乾いたら、もう来なくていいから」

阿久津の左手をとって傷の具合を見ていた西門は、血と体液が滲んだ擦り傷を確認して頷いた。

壁に叩きつけてついた傷だ。懲罰を受け、一時は保護房にまで入れられていたせいで、消毒も何もしないでいたが、ようやく医務室に来ることができた。

「どうも」

短く礼を言って阿久津が腕を引いた瞬間、間髪をいれずに西門が言う。

「河合刑務官に意地悪したんですってね」

不意打ちをくらって、とっさに言葉を返せなかった。

取り繕う暇もなく、それまでカルテを見ていた西門がこちらへ目を向けたので、間抜けな顔をもろに見られてしまう。

観念するしかなかった。

消毒する手つきがいつもより荒い気がしたのも、脱脂綿にやたらたっぷり消毒液が含ませてあったのも、気のせいではなかったようだ。もしかしたら今日は機嫌が悪いのか、などと思っていたのだが、どうやら意図的だったらしい。

西門は阿久津の不意を突けて満足したのか、軽く息を吐き肩をすくめた。

「まあ、あの子はいじめられたとは思ってないみたいだからいいけど」

そういえば、西門は凪の身内なのだった。彼女の家庭の事情についても、当然知っているはずだ。

顔に出したつもりはなかったが、出ていたらしい。表情を読まれたとしか思えないタイミングで、西門が言った。

「凪が話したんでしょう？　多分初めてよ、自分から話すなんて」

「……俺だから話したとかそういうんじゃねえよ。あいつが聞いてほしがってたとかそういうんでもない。何かこう……腹割ろうぜ、みたいな……自分も隠さないからって、お互い様だからってそういう……感じで、あいつから」

「凪の姉が父親を刺したときのこと、聞いた？」

「……少しは。父親が夜自分の部屋に来たときだったって」

気軽に話すような話ではない。どうしても口が重くなった。しかし西門は、ためらう様子もなく話し出す。

「事件があった日の、昼ごろにね。凪の姉が、膝に妹をのせて遊ばせている父親の手つきが、いつもと違うことに気づいたの。まだ小さかった凪も何かおかしいって、戸惑っているようだった。そのときは姉が凪を父親から引き離したけど」

「……おい」

「その頃すでに、姉のほうは、虐待の被害者だった。その日までは、凪にまで父親の手が伸びることはなかったけど、彼女は、妹も危険だとそのとき気づいたのよ」

ごくプライベートな、それもかなりデリケートな話題だ。

本人に無断で、軽々しくそんな話をしていいのか。

阿久津がたしなめる口調で口を挟んでも、西門はかまわず話を続けた。

「その夜、彼女は――凪の姉はね、きっと父親がまた、いつものように部屋に来ると思ったから、決意をしてね。果物ナイフをベッドに隠してたの。怯えながらじゃなくて、準備をして待ってたのよ。今夜現れたら刺してやろうって。今夜こそって。でもその夜、父親は彼女の部屋には現れなかった」

少し目を伏せて、しかし痛ましげでもなく、嫌悪感を示すこともなく、淡々と話す。

「父親は、凪の部屋に現れたの。その夜からターゲットは凪に変わっていた。だから彼女は、妹の部屋に行って、迷わずに後ろから父親を刺したの」

その当時姉は十四だったと、凪が言っていたのを思い出した。

自分が被害者でいることには耐えられても、幼い妹が自分と同じ目にあうことは許せなかったのだろう。

西門はゆっくり瞬きをした。

その横顔は誰かに似ていた。

「ああしなければ止められなかったと思うから、刺したことは後悔していない。でも、救急車をすぐ呼ばなかったことは後悔してるし、反省してる。すぐに手当てをすれば、助かったかもしれないのに」

彼女が誰の話をしているのか、阿久津は気づいたが黙っていた。

西門は思い出したかのようにペン立てからボールペンを引き抜き、カルテに何か書き込む。中断していた医者としての仕事を再開することで、プライベートな話はこれでおしまい、と言っているようだった。

「あんた結婚してたんだな」

まくりあげていた作業衣の袖を下ろしながら阿久津が言うと、

「西門になったのは去年よ」

彼女はカルテから顔をあげて微笑んだ。

「新しい苗字(みょうじ)、嬉しかった」

その表情に言葉をなくして、阿久津は左の袖を右手で握ったまま動きを止める。

平気な顔で話していても、事件の前も後も、語りつくせないほどの苦悩があったはずだ。名前が変わるだけで過去を捨てることはできないが、それでも、結婚で得た新しい姓を慈しむように目を細めるその様子に、胸を打たれる。

優秀な医者としての観察力のなせるわざか、阿久津の反応に一瞬で気づいたらしい西門は、ぱっと表情と声のトーンを変えた。

「何て言ったらいいかわからなくて困ってるなら、何も言わなくていいから安心して。私はもう大丈夫。忘れたなんてとても言えないけど、でも平気よ。あの男には傷つけられたけど、汚されてなんかいない」

いつもの彼女らしい、明るい笑顔と声で、からりと言ってのける。

「犬に咬まれたと思って、ってよく言うけど。本当にそんな感じ。痛かったし、怖かったけど、だからって一生苦しめられるなんてことはないわ」

強がりなどではないとわかった。

彼女は、被害者であった過去も、加害者となった過去も、踏み越えて立っていた。

自信に満ちた目が、まっすぐに阿久津を見る。

「そう信じてるわ。あんな男のせいで、私の人生がほんのちょっとでも狂わされたなんて思うのは、腹が立つでしょ?」

阿久津は思わず苦笑した。

かなわない。完敗だ。

笑うしかなかった。

（強えなあ）

笑みを消さないままで立ち上がる。治療が終了した以上、いつまでも居座るわけにはいかない。

「いい女だな」

部屋を出る前に振り返り、敬意を込めて言った。

「あんたも、あんたの妹も」

西門は、当然でしょというように眉をあげてみせる。

医務室を出ると、廊下で凪が待っていた。

西門に頭を下げてドアを閉めようとした、その瞬間、非常ベルが鳴り響いた。

6　高塚智明

響き渡るベルの音に、高塚は飛び上がった。

面会室へと続く廊下には物がなく、ベルの音が壁に反響して、思わず顔をしかめたくなる大音量だ。

前を歩いていた北田も立ち止まり、わずかに表情を硬くしている。

「戻ってください。私は受刑者たちを見てきます」

こんな状況下でも相変わらず冷静な声音で、半分ほど進んできた廊下の、入り口のほうを示して言った。そして高塚を廊下の途中に残して、自分はそのまま高塚に指したのと反対方向へ走って行ってしまう。

避難訓練ということではなさそうだ。

火事だろうか。だとしても、高塚自身に危険が及ぶことはまずないだろう。ここからなら、数メートルの距離を走れば待合室だ。ゆっくり歩いても、火が回るより早く外に出られる。

自分の身の安全に問題がないとわかれば落ち着いたもので、高塚は北田が走って行った方向へ目をやりながら耳を澄ませてみた。ベルの音にかき消されているだけかもしれないが、特に、悲鳴も物音も聞こえてはこない。

しかし、非常ベルが鳴りやむ気配はない。

防犯装置の誤作動ならいいが、これが本物なら、今日の接見は難しそうだった。どうせ大した火ではないだろうが、そうだとしても。

（俺も暇じゃないのにさあ……）

日を改めるしかないだろう。時間とガソリン代が無駄になった、と心の中でぼやきながら引き返す。

歩き出したとき、背後から、明らかに北田のものとは違う足音が聞こえてきた。

慌てた新人刑務官か誰かだろうと何気なく振り返って、高塚は凍りつく。

自分に危険は及ばないはず、と呑気にかまえていた、それは幻想だったらしい。

盛大な足音を立てて走ってきた赤崎が、高塚を見て、足を止めた。

7 北田楓

高塚弁護士を置いて廊下を走り、面会室のある階へ上がるためのエレベーター前を素通りして、受刑者たちを収容している房の並ぶ棟へ向かう。

非常ベルが鳴っているということは、どこかの感知器が衝撃を受けたか火気を感知したか、誰かが発信機のボタンを押したということだろうが、複数設置された火災感知器のうち、どれが作動したのかはわからない。

施設内では火気は厳しく管理されているはずだから、感知器の誤作動の可能性が高いと思っていたのだが、収容棟に近づくにつれて、かすかに焦げたような匂いを感じた。緊張が走る。

東一舎へ入るとすぐに、煙が見えた。

「北田さん！」

呼ばれて目を向けると、左の壁際に山本がいた。受刑者たちへの貸出用の官本を手に持って、火元に叩きつけるようにしている。

模範囚の彼は、元いた鉄工場からの異動で、所内の官本を管理する図書夫になったばかりだった。

足元に、何冊か本が散らばっている。作業中に、出火に気づいて走ってきたらしい。彼の消火活動のおかげか、火はごく小さくなり、くすぶる程度になっている。

急いで駆け寄り、山本と二人で、わずかに残った火を靴底で踏みつけるようにして消した。

「消えたようですね。出火原因は……？」

「わかりません、俺が来たときにはもう燃えていて。でも、宮木さんは、電気系統のショートが原因じゃないかって……配電盤のほうを見てくるって言ってました」

作業衣の袖で汗を拭きながら、山本が答える。火は消し止めたものの、まだ混乱しているらしく、舌がもつれ気味だった。

「突然非常ベルが鳴って、どうしたらいいのかわからなくて戸惑っていたら、宮木さんが、ここから火が出ているって、手を貸してくれって、呼びに来て……」

「彼が最初に火を発見したんですか？」

「多分。この裏には配線があるから、多分そこが発熱して、出火したんだろうって言ってました」

営繕夫の宮木は、配電盤や配線の位置関係についてはどの受刑者よりも詳しいはずだ。配電盤を見に行ったということは、ブレーカーをチェックする必要があるということだろう。

（原因は漏電……？）

しかし、所内の幹線には漏電ブレーカーがついているはずだ。電気の引き込み線から配電盤までの間で漏電が起こればブレーカーは反応しないかもしれないが、そんな事態はなかなか想定し難い。

（とすると何らかの原因で配線が損傷して、通電時にショートしたか、コンセントのプラグに埃がたまって発熱したか……）

北田は顎に軽く握った手をあて、出火原因について考えを巡らせた。

「火が出たの、ここだけじゃないみたいなんです。俺がここの火を見つけたときにはすでに非常ベルは鳴ってたんですけど、そのときはまだ全然、感知器が反応するほど大きい火じゃなかったし、煙もそんなに出ていなかったし……。宮木さんも、ベルが鳴った原因の火元を探さなきゃいけないって言ってて、俺に、担当さんたちにも伝えてくれって。でもなかなか火が消えなくて」

山本は人を呼ばなければと思いながらも、消火活動を優先させたせいで、この場を離れられずにいたらしい。北田さんが来てくれてよかった、と、すすで汚れた顔で息を吐いた。

北田は、山本に頷きながら辺りを見回す。

この近くに火災報知設備はない。ということは、山本の言う通り、非常ベルが鳴ったのは、ここの出火に感知器が反応した結果ではない。他にも出火元がありどこか別の場所で感知器が反応したか、もしくは発信機のボタンを押した人間がいるということになる。

非常ベルが何故鳴ったのか、どこの感知器が反応したのかは、急いで確認する必要があった。他にも火が出ているところがあるのなら、一刻も早く消火しなければならない。しかし、どこかで漏電していたとしても、同時に二ヵ所で発火などということがありうるのか。どういった状況であれば、起こりうるのか。

疑問と同時に胸騒ぎを覚えたが、今は考えている時間はなかった。

「わかりました。部長に伝えて確認します。出火の場所も程度もわからないままでは、対処のしようもない。まずは懲役たちの安全確保ですが、今は作業中ですから、作業場から運動場へそのまま避難できるはずです」

山本には動揺を悟られないよう、平静を装って言う。

何かおかしいという思いはあるが、万一のことにそなえ、すべての受刑者たちを安全な場所へ避難させるのが先決だ。

作業場にいる受刑者たちにはそれぞれ担当がついているから安心だが、図書夫や営繕夫のように監視されず単独での仕事を割り振られている受刑者たちもいる。

(宮木は配電盤のところ……阿久津真哉が確か医務室に……それから、懲罰中の受刑者と)

医務室へは刑務官が同行しているはずだから、問題はないだろう。まずは、独房で懲罰中の受刑者を避難場所へ移動させることからだと判断して、頭の中で順序を組み立て始める。

そして、保護房には赤崎もいる。勿論監視役がついているが、非常事態に赤崎を避難させるのに一人では心もとない。最低でも二人、できれば四人はほしい。拘束具もあったほうがいいが、もたもたしていて火が回ってきては元も子もないから、そこは諦めるしかなさそうだった。懲罰中の他の受刑者たちの避難が済んだら、多少のリスクは承知の上で、手の空いた刑務官を動員して赤崎を護送するしかないだろう。

「私は懲罰中の懲役たちを避難させます。あなたは運動場へ避難してください。工場のほうへ行けば、誰か刑務官がいるはずですから、指示に従って。刑務官に会ったら、東三舎と四舎にいる懲役は北田が避難させると伝えてください。それから、赤崎の護送に応援が必要だと」

「わ、わかりました」

山本も受刑者なのだから、単独行動をさせるべきではないのだろうが、緊急事態だ。模範囚の彼を信頼して送り出し、北田は懲罰中の受刑者たちが収容されている東三舎に向かった。

東三舎なら、東一舎を経由せず、高塚を置いてきた廊下を直進しないで左へ行ったほうが近道だったが、今さら引き返すよりは東一舎と二舎を抜けてぐるりと回ったほうがまだ早い。

一番遠い房の受刑者から順に避難させたほうが効率がいいので、いくつもの房の前を通り過ぎて奥へと向かう。非常ベルに慌てた様子でいる受刑者たちに声をかけ、避難誘導を待つようにと伝えた。

東一舎から離れるにしたがって、煙の匂いは遠くなる。出火元は、この近くではないようだった。

想定していた以上に避難を急ぐ必要はなさそうだと、少し安心する。

このまま直進すれば東四舎だが、左へ曲がれば保護房がある。

保護房の赤崎は後回しにするつもりだったが、監視役に一声かけておこうと、角を曲がったところで、異状に気づいた。

保護房の前で、刑務官が倒れている。

扉は開いていて、倒れた刑務官の横に、鍵が落ちているのが見えた。

北田は一目見て、何が起きたかを理解する。

駆け寄って軽く肩をゆすると、刑務官が小さくうめいた。

(赤崎の監視をするときは特に、保護房の格子には近づかないように言ってあったのに)

非常ベルに慌てて立ち上がり、十分な距離もとらずに赤崎に背を向けてしまったのだろう。

保護房には前面の壁がなく、代わりに上から下まで白い鉄格子がはまっていて、死角ができないよう、監視スペースから房の中が丸見えになるように造られている。

廊下から見える房の中に、赤崎の姿はなかった。

8　高塚智明

非常ベルは鳴り続けている。

先ほどまでと比べると若干音が気にならなくなったのは、単に耳が慣れてしまったからだろうか。

いずれにしろ——非常ベルが鳴っていようがいまいが——現在高塚がこの上なく非常かつ危険な事態に置かれていることは間違いなかった。

高塚は、あの凶悪な赤崎桐也と、わずか数メートルの距離で向かい合っていた。

「このベルっておまえの仕業？」

北田とはちょうど入れ違いになったのだろう。赤崎にとっては幸運、高塚にとっては不運なことに、二人は互いの存在に気づかなかった。鉢合わせしていたら、争う声くらいは聞こえてきたはずだ。

（わかってたらさっさと逃げたのに）

面会室とは違い、ここにはアクリル板の仕切りはなく、赤崎が暴れたら止めてくれる監視役もいない。

ベルが鳴っていなければ相手にも聞こえてしまうのではと思うほど激しく心臓が鳴っていたが、平静を装って尋ねる。そうしたら本当に平然とした声が出て、我ながら弁護士という人種の業を感じた。

高塚の内心の動揺に気づいているのかいないのか、赤崎は素っ気なく答える。

「知らねえ」

まあそうだろうな、と思いながら、口にも表情にも出さないよう意識した。

離れたところで騒ぎを起こしておいての脱走というのは、計画としては悪くない。非常ベルの原因のほうに皆の注意がいって、脱走に気づかれるまでに時間がかかるし、気づかれても、非常事態では追跡に人手を割けない。指示系統もまともに機能しないだろうから、逃げ切れる確率もあがる。しかしそこまで計算して、脱走のために非常ベルを鳴らす、非常ベルが鳴るような事態を作るということが、赤崎にできるとは思えなかった。

おおかた、刑務官が非常ベルに気を取られているのに乗じて鍵を奪うなり何なりしたのだろう。単なる便乗だ。

「保護房にいるって聞いてたんだけど」

ちょうど出すところだからということで、接見は許可されていた。監視役の刑務官と北田の二人で、赤崎を面会室へ連れて来ることになっていたのだが、北田はついさっきまでここにいたわけだから――赤崎は接見のために保護房の扉が開けられたときに逃げたのではなく、その前にどうにかして監視役から鍵を奪い、自分で扉を開けて出てきたということになる。

「どうやって出てきたわけ。見張り役がいただろ」

高塚が尋ねると、

「手ェ伸ばしたら届いたからな」

赤崎はこともなげに答えた。

「首に腕かけて引き寄せて、こう、檻に頭を」

「……同情するよ」

監視役の刑務官は赤崎の腕と保護房の間に挟まれた状態で、頭を格子に叩きつけられたということらしい。高塚は顔をしかめた。聞いているだけで痛い。

鉄の格子だったら危険極まりない、命に関わる大怪我になりかねないが、保護房はもともと危険な受刑者を一時的に収容するための房だから、錯乱した受刑者がぶつかっても大怪我をしないように、格子も柔らかい素材でコートされていたはずだ。

高塚がそれを指摘すると、赤崎はどうでもよさそうに言った。

「あァ。だから生きてんだろ」

がりがりと、右耳の横を掻きながら目を細める。

「ふらふらしてたから、鍵とって出た後でもう一発殴っておいた。しばらくは追いかけて来ねえだろ」

格子の間から腕を出せたなら、同じようにして鍵穴に鍵を差し込むこともできただろう。自力で扉を開け、格子に叩きつけられて脳震盪を起こしていた刑務官に追い打ちをかけて追跡不能な状態へ追いやって、まんまとここまで逃げてきたというわけだ。

まったくもって無計画だった。非常ベルに便乗した衝動的な脱走が、たまたまうまくいってしまったということらしい。監視役だった刑務官は始末書どころでは済まないだろうなと、再び、二重の意味で同情する。

非常ベルが鳴れば誰だって慌てる。動揺して、赤崎の危険性が一瞬頭から抜け落ちてしまったとしても無理はなかった。

監視役が伸びてしまっているのだとしたら、他の刑務官たちはまだ、赤崎が脱走したことに気づいてすらいないかもしれない。この状況下では、他の刑務官たちも自分の持ち場以外のことにまで気が回っていないだろう。

このままでは、逃げおおせてしまうかもしれなかった。

偶然が重なったせいでこんな無計画な脱走が成功するなんて、それでこんな凶悪な男が世に放たれてしまうなんて、たちの悪い冗談のようだ。いっそ笑えてくる。

「驚かねえのか」

唇を歪めた高塚に、赤崎がさして興味もなさそうに問いかけた。

嘲りに近い笑みを濃くして答えてやる。

「よく保護房から出られたなとかそういうことには驚いてるけど、行為自体には驚かないよ。おまえの考えそうなことだ」

逃げ切れるわけがないとか、そうすれば罪が重くなるとか、刑期が延びるとか。成功率の低さに比して、失敗した場合のリスクが大きすぎるとか。そういったことを何も考えず、衝動のままに実行してしまうのが普通じゃない。普通ではできない。

考えてしまったら、できない。

「単純なんだよ、おまえ。どうせ、見つかりにくい道がどっちとかそういうことも何も考えずにただ走ってきたんだろ?」

ほしいものには手を伸ばして邪魔なものはなぎ倒して、人の迷惑どころか自分の後先すら考えずに走るから獣だと言うのだ。

一度出し抜かれたからといって、この男が自分よりも優位であるということにはならない。

こんな男に、自分は負けてなどいないはずだった。

(やっぱり獣だよおまえは)

時間をかけて彼を知れば、理解もできるかもしれないなんて。甘いことを考えた。それも幻想だった。

そもそも理解しようなどと一瞬でも考えたのが間違いだったのだ。買い被りすぎていた。獣の行動原理は、目に見えるものがすべてだ。そこに深遠な理由など、最初から、期待するほうが間違っていた。

「最初おまえのことを読めないと思ったのは、普通の人間を基準にして考えてたからだよ。おまえ自身は単純だ。次に何するかとか手に取るようにわかるよ」

一体何をしているんだと、自分でも思う。こんな挑発なんてやめて、おとなしく道を空けてこの獣の背中を見送ってしまえば、きっともう二度と会わないで済むのに。それが一番安全で、一番いいとわかっているのに。

これで最後かもしれないと思ったら、勝手に口が動いていた。

もうこれで最後なら、恐怖を払拭（ふっしょく）するチャンスもこれきりだ。

最後まで理解もできず、腹の内も読めず、振り回されただけの屈辱の記憶として残るなど我慢できなかった。

顎をあげ、芝居がかった仕草で両腕を広げてみせる。

「たまにはちょっとくらい意表をついてみろよ、反省して自ら戻るとかさあ」

虚勢でも何でもいい。怖がっていることを気づかれてはいけない。獣に弱みを見せるわけにはいかない。

いくら赤崎でも逃走中の身で、急がなくてはという意識くらいはあるはずだから、殴られても一、二発だろう。死ぬようなことはない。だったら殴られようが蹴られようが、ほら見ろ怒りに任せて暴力をふるうだけの獣だ、思った通りだと、嘲笑ってやればいい。

少しくらい痛い思いをしても、それだけの価値はあるはずだった。

理不尽な劣等感に似た感情を消して、もう一度この男を、心の底から見下してやれるなら。

赤崎が近づいてきて、すれ違う寸前で足を止めた。

「止めねえのか」

道を空けるでもなく、立ちふさがるでもなく、ただ立ったままでいる高塚に言葉を投げる。

「か弱い俺におまえを止められるわけないでしょ。止めようとしたけどダメでしたって言うよ」

そうかよ、と呟いて、赤崎は身体の向きを変え、右腕を引いた。

その口元に笑みが浮かんでいるのが見える。

危険を悟った次の瞬間にはもう、頬に拳が叩き込まれていた。

よろめいて後退し、背後の壁に背中がつく。

他人に殴られるのは初めてで、何の準備もできていなかったが、かろうじて尻餅はつかずに済んだ。

痛みより衝撃で、一瞬頭が真っ白になったが、予測はできていたので、すぐに正常な思考が復活する。それと同時に、鉄臭い味が舌に滲む。

高塚の発言に激高しての行為、ではなかった。残念なことに。それがわかってしまった。

意図して怒らせることができたのなら、溜飲(りゅういん)も下がる。相手の感情を動かしたことで、優位に立つことができた。しかし、赤崎が怒ってなどいないのは明らかだった。むしろ楽しそうに、高塚を殴りつけた右手をぷらぷらと振っている。

頰から顎にかけてがじんじんしたが、赤崎に本気で殴られていたら、こんなものでは済まないだろう。

「……急いでるんじゃなかったっけ」

「一発殴るって決めてたからな」

「……別にいいけどね、これくらい」

想定内だ。

それに、少しくらい怪我をしていたほうが、止めようとしたが無理だった、という説明に説得力も出る。

「でも怪我人が増えたらそれだけ、おまえの罪も重くなるよ」

「つかまりゃな」

言うなり赤崎がまた腕を伸ばして、今度は右手でスーツの襟元をつかんだ。ぐい、と引き寄せられて反動で首ががくんとなる。

「ちょ、今」

一発って言ったのに。

そう言いかけた、抗議の言葉は呑み込まれた。

二度目の拳を予測して反射で緊張して、しかし思っていた衝撃は来ない。

がち、と歯があたったが、痛いと認識する余裕はなかった。

目の前に、獣の両目がある。

何が起こっているのか、優秀なはずの頭脳が認識するまでに、数秒かかった。

目の乾きに気づいて瞬きをしたのは、赤崎が離れた後だった。

そのガサガサに荒れた唇に、血がついている。高塚の血だ。

赤崎はスーツから手を放し、ついでに高塚の胸を押して数歩分の距離をとると、目を細め勝ち誇った顔をした。

「そんときゃ指名させてもらうぜ、センセイ」

そんな捨て台詞を残して、背中を向けるとあっというまに走り去る。出口へ向かって。

何もできずに見送った。

高塚は非常ベルの鳴る廊下に、一人残された。

血の滲んだ口元を手の甲で拭い、ぴりっとした痛みに顔をしかめる。

「いった……」

どれくらい目立つ痣になるものなのか、治るまでどれくらいかかるものなのかも、初めての経験なので想像がつかない。

明日もクライアントと打ち合わせがあるのに、腫れたらどうしてくれるのだ。

（殴られるくらいなら想定内だったけど）

文字通り咬みつかれるとは思っていなかった。

（獣め……）

屈辱を感じるべきなのだろうが、驚きすぎて怒りも湧いてこない。顎やら頬骨やらを砕かれるよりはましだと思えば、命拾いしたような、少しほっとしたような気もする。それらと勝ち逃げされた悔しさと、色々がないまぜになって、最終的にはあんな生き物と張り合うことが馬鹿馬鹿しく思えて、緊張が解けたせいもあってか、なんだかどっと疲れた。

高塚は脱力した身体を引きずり、赤崎が無事逃げおおせ、もういなくなっていることを自分のために祈りながら、のろのろと出口へ向かった。

9　阿久津真哉

非常ベルの鳴る中、西門はどこかに内線電話をかけていたが、非常ベルが何故鳴っているのかはわからないようだった。

万が一暴動が起きたのだとしたら、西門は医務室から出ないほうが安全かもしれないが、その可能性は低いだろう。火事なら急いで避難する必要がある。

「……運動場に避難する。誘導するから、三人一緒に」

凪の表情は硬く、緊張しているのがわかった。着任して数ヵ月での非常事態であることを考えれば無理もない。それでも彼女は動揺した女の子ではなく、職務を果たそうとする刑務官の顔をしていた。

「作業場の皆はもう避難を始めているはずだから合流して。きっと菊川部長が……」

「担当さん！　ああ、阿久津くんも。よかった」

焦った様子で走ってきた宮木が、凪と阿久津を見つけて安堵したような声をあげた。

必死に走ってきたらしく、息を切らしながら汗を拭いている。

「東一舎で出火しました。おそらく原因は漏電です。山本くんが消してくれていますが、他にも複数箇所から火が出ている可能性が」

「……どうして、あなたはここに」

「西側の配電盤も、大丈夫かと思ったので。確認をしに行こうと」

「…………」

営繕夫の宮木が、一人で動いていることに不自然さはない。

危険を知らせ、出火元を探すために走りまわっているというのも、彼らしい行動だった。それなのに、

「……宮木さん」

何だ。

嫌な感じがする。

名前を呼べば、返ってくるのはいつもの彼の穏やかな目だ。

けれど胸に渦巻くような不安は消えない。

考えるより先に手が動いて、そっと医務室のドアを閉めた。

ドアが閉まる前に西門がこちらへ来ようとしているのが見えたが、中にいろと目くばせする。

一瞬だったが、危険を伝えることはできたと思いたい。ただごとではない雰囲気は、ドアごしにでも伝わるはずだ。

「一緒に来てください。二人とも、私が避難場所まで誘導します」

配電盤の確認に向かうと言った宮木の申し出を受け入れず、きっぱりと凪が言った。

彼女も、宮木が発する不穏な気配に気づいたのかもしれなかった。

宮木はうつむき、一つ息を吐く。

それからゆっくりと顔をあげ、右手を前へ出して言った。

「どいてください」

その手に握られているものを見て、ぎくりとする。

一瞬、ナイフかと思った。しかしよく見るとそれは、根元に布を巻きつけた、ガラス片のようだった。

（あ）

思い出し、それが何かに気づく。

割れた鏡の破片だ。同じ房の受刑者が誤って割ってしまった。阿久津と、フーと、宮木と、同じ房の皆で掃除をした。

あのときの。

「阿久津くん、ごめん」

仕方がないんだというように、泣き笑いのような表情で宮木が言う。

たまらなくなった。

（あのときからずっと、あんた、ずっと考えてたのか）

いや、きっと、もっと前から。いつも、ずっと、彼は考えていた。

何年も前から抱え続けている思いがあったのを、知っていた。

「……行くの。宮木さん」

こんなリスクを冒さなくても、何年か待てば嫌でも出られるのに。

阿久津の問いかけに、宮木はただ謝罪の言葉を重ねる。

「ごめんよ。私は、阿久津くん、行かないと」

これまできっと、他人に刃物を向けたことなんてないだろう。手が震えていた。いかにも不慣れなのが伝わってきた。

（なんでそんな必死なの）

今すぐ外に出なければならない理由なんて、彼には何一つないはずだ。

妻も去って、待つ人はいないと言っていた。友人だって逃げ延びたはずがない。外の世界で自分を待っているなんて、本気で信じてるわけじゃないだろう。

「外に出て、何すんの。宮木さん」

外の世界に何もないのは、あんただってわかってるはずじゃないか。

阿久津のそんな心の声が聞こえたかのように、宮木は曖昧に笑った。

笑っただけで、答えなかった。

こんな脱走、成功するわけがない。すぐつかまるに決まっている。混乱に乗じて塀の外へ出られたとしても、ずっと逃げ続けるなんて不可能だ。

そんなことは、彼もわかっているはずだった。

「……そんなもん似合わないよ」

医務室のドアを映している、光る破片を見て言った。

「こんなの、あんたらしくないよ」

宮木は、そうだね、と眉を下げる。笑顔のまま。

「自分でもそう思うよ」

そう言って、鏡の破片を握る右手に、左手を重ねた。

「五年前のあのとき、私は彼の手をとらなかった。彼がとても好きだったのに、一緒に行きたかったのに。拒絶してただ見送った。それはとても自分らしい行動で、でも私は、それをずっと後悔している」

くしゃりとその顔が歪む。切っ先を阿久津と凪のほうへ向けたまま、泣き出す寸前の子どものように。

「本当は一緒に行きたかったんだ。一緒につかまっても、死んでもよかった。一緒ならそれもよかった。今は心からそう思うのに」

どうせつかまると諭すことは無意味に思えた。そんなことを、彼がわかっていないはずもなかった。

失うものばかりが大きすぎる賭けだ。逃げ切れるわけがない。何より――何より、宮木が会いたいと願う彼が、外の世界にいるのかもわからない。いるとしても、会えるわけがない。

彼らがどんな約束を交わしたのかは知らないが、それはきっと今となっては――いやおそらくは最初から、果たされるはずもない約束だ。

それでも、行くのか。

いつか同じようにここから逃げ出した――逃げ出そうとした、彼と同じように。

(だったら行けばいい)

希望とすら呼べないかすかな光だとわかっていて、手を伸ばさずにいられないのなら。

どれだけの危険と引き換えにしてもいいと、自分で選んだなら。

(いいじゃないか、行かせてやったって)

こんなにまでしても会いたい人がいるのなら、行きたいところがあるのなら。

打ちのめされてもいいと、覚悟した人間を、今ここで阻むこともないじゃないか。

命と引き換えにしても果たしたい約束なんて、そんな大事なもの、自分はとっくになくしてしまったけれど。なくしてしまったからこそ、そう思えた。

気がつけば阿久津は、宮木へ向けて伸ばそうとした手を、下ろしていた。

彼のために道を空けかけて、一歩前へ出た凪にそれを制される。

「一緒に来てください。それをこちらへ渡して」

彼女は宮木の前に立ち、まっすぐに彼を見て言った。

青ざめた顔をしていたが、怯えてはいなかった。

背筋を伸ばし、身体の正面を宮木に向けている。

「……お願いします。行かせてください」

「だめです。罪を重ねないで。おとなしく応じてくれたら、その旨上にも報告します」

「おい、」

「私は刑務官です！」

とりなそうとした阿久津の声を遮る、彼女にしては珍しく強い声。

視線は、宮木から逸らさなかった。

それで目が覚めた。

宮木から不穏な気配を感じたとき、阿久津はとっさに、彼女や西門医師を守らなければと思った。しかし凪は、自分が守るべき女の子ではなかった。実花とは違う。彼女は、彼女自身の言う通り、刑務官だった。

危ないからさがっていろなどと、言おうとした自分の浅はかさを恥じる。

凪に譲る気がないことは、宮木にもわかったようだった。

しかし宮木にも、ここで引き返すという選択はないのだ。

どちらも譲れない。

そうなれば、結末は一つしかない。

宮木は何かを諦めたようだった。

おもむろに左手を、身体の横に下ろす。

破片を握った右手を、振りかざした。

「宮木さん！」

思わず前へ出る。

割れた鏡の破片がぎらっと光るのが見えた。

追い払うために振り回しただけで、明確に相手を害する意図はない。おそらく。けれど、害することになっても仕方がないと思っている。凪や阿久津を、傷つけることも厭わない行動だった。

阿久津の知る穏やかな彼ではなかった。けれどそれは確かに、宮木だ。

別人のような彼を見て、けれど震えて血の滲んだその手を見て、悟る。

（ああ、）

凪の言う通りだった。

人はときに、人とは思えない行動をとり、一生かかっても理解などできないと思うこともあるけれど。それでも。

人と思えない行動をとるのも、人なのだ。

(この人も、俺も、あいつもだ)

振りかざした手が下ろされる。

銀色の軌跡が斜め上から、ゆっくりと宙を切る。

深く考えたわけではなかった。

身体が勝手に動いて、凪と宮木の間に滑り込んでいた。

左の肩口から鎖骨の下を、斜めに切りつけられる。傷は次第に浅くなりながら、そのまま下へ伸びた。

焼けるような感覚も、身体の表面を斜めに走る。

凪の悲鳴が聞こえた。

傷口に触れようとした両手が赤く染まる。

急激に目がくらんで、壁に背がついた。ずるずると座り込む。

走り去って行く宮木の後ろ姿が見え、それから、すぐ近くに凪の顔が見えた。

必死に何か言っているが、聞こえない。

(おまえが正しかったよ)

実花を殺したのは人間だった。理解の及ばない怪物や獣などではなかった。

阿久津が殺したのは、人間だった。

悲鳴を聞きつけたのか、医務室のドアが開いて西門が出てくる。

視界はすでにぼやけている。

見えるはずもないのに、まっすぐに走って行く宮木が、彼の見ている景色が、見えた気がした。

彼は塀を抜けた。空の下を走っていた。

辿りつけるといいな、と、ぼんやり思う。

斜めに走った傷からは、痛みというより、びりびりとする熱さばかりを感じた。

しかしそれすらも遠のいて、ゆっくりと、暗闇に落ちた。

10 阿久津真哉

目が覚めたら病院だった。

医務室でも病舎でもなく、外の病院だ。

どうやら死に損なったらしい、と悟る。

刺されたのが医務室の前で、応急手当てが早かったのが幸いしたのか、もともと大したことのない傷だったのか。意識不明だった時間も、そう長くはなかったそうだ。

ほんの数日で、塀の中へ戻された。

退院できると聞いたときは、病院で二十四時間態勢の監視の任務にあたっていた刑務官たちのほうが、おそらくほっとしていただろう。

あの日刑務所内では三ヵ所から出火していたが、そのどれもが、大した火ではなかったそうだ。

宮木が配電盤をいじったらしく、一部で停電もしていたらしい。そのせいで、電子ロックが使えなくなった扉もあって、所内のそこかしこで混乱が起きていた。すべて宮木の計画通りだった。

混乱に乗じて宮木は脱走し、便乗して赤崎も脱走した。

成功したかどうかは、誰も教えてくれなかった。監視中の刑務官に無理を承知で訊いたが、当然答えはもらえなかったし、受刑者たちも知らなかった。

二人とも、戻っては来なかった。

逃げ延びたのかどうかだけなら、出所すればわかるだろう。宮木はわからないが、なんとなく、赤崎は逃走を続けて、指名手配くらいされていそうな気がした。

入院している間、懲役刑の執行は止まっているから、入院していた期間分、結果的に出所は遅れることになる。

それがなんだか、猶予期間、心の準備をするための時間を与えられたように思えて、――思った後で、自分の幼稚な発想に少し笑えた。

だとしたら、ずいぶん長いモラトリアムだ。

いつか外に出たときのことを考えるための時間なら、十分すぎるほど与えられていたのに、考えようとしなかったのは自分の弱さだった。

自分の罪に向き合うことも罰の一つなら、自分には決定的に、足りていなかった。

それでも刑期は決まっていて、一人一人が心から悔いるのを待ってはくれない。

仮釈放の場合より短い一週間の釈放前教育は、あっというまに終わった。

自分自身の罪についても、未来についても、やはり十分には向き合えないまま、気持ちの整理もつかないまま、その日は来た。

刑期が終了した翌日の朝、朝食を終えると、北田が迎えに来て、これまで入ったことのない部屋へ連れて行かれた。そこで着替え、出所式をして、報奨金の清算をしてもらう。

通路を通って、鉄の扉を押し開けると、大きな窓と、ガラスの自動扉のあるロビーに出た。

そこは刑務所の中ではあったが、明らかに、阿久津が先ほどまでいた場所とは違っていた。色が、まず違った。窓からは外が見えた。

その景色に動揺した。

見送りのためなのか最後の監督のためなのかわからないが、ついてきてすぐ後ろに立っている北田と菊川に気づかれないよう、瞬きを繰り返す。

凪の姿はなかった。起床してからずっと、見かけてすらいない。

探していたつもりはなかったのだが、北田が表情一つ変えずに言った。

「河合刑務官は、今日は非番です」

「……あ、そ」

じゃあよろしく伝えておいて、と菊川の前で言うわけにもいかず、ひょこりと会釈するにとどめる。

凪は病院での監視要員ではなかったし、退院してからも、あまり期間を空けずに釈放前教育に入ってしまったこともあって、彼女とはろくに話もできないままだった。覚悟の足りないまま外界へ放り出される自分の情けない顔を、見られたくない相手ではあるが——それでもやはり寂しくて残念なような、少しほっとしたような、複雑な気分だ。

お世話になりました、と二人の刑務官に頭を下げて歩き出した。

建物を出て、左手にある駐車場を横目で見ながら進む。横から吹いてきた風が頬にあたる。

正面に、柵状の扉のある門が見えた。すでに、頭上に広がる空と植木の緑と駐車場の車の色の鮮やかさに目がちかちかしていた。

あの門をくぐったら外の世界だ。期待とはまったく違う感情で鼓動が速まったが、意識して思考を平坦にする。考えたら、足が動かなくなる気がした。

できるだけ何も考えずに、歩く速度を変えずに、ただ前へ進んで、踏み出した。

眩暈がして、立ち止まりそうになる。

（こんなんだっけ）

眩しくて、色で溢れている。

鮮やかな色の自動車が前の道を走り抜けて行く、その速さにくらくらした。

薄暗い廊下を走って行った宮木の、後ろ姿を思い出す。

彼はこの門を抜けられたのだろうか。

こんな明るい世界に、何の用意もなく飛び出して、宮木は走り出た勢いのまま、走り続けることができたのだろうか。

彼も、あと数年、ただ時が過ぎるのを待てば、こうして刑務官たちに見送られて、外に出ることができたはずだった。危険も何もなく。追われることもなく。

待っているだけでよかった。

けれどそれが彼には、苦痛だったのだろう。何もせずにいることに、耐えられなかったのだろう。

失敗しても、結果はどうでも、行動することに意味があったのだろう。そうすることで、約束を果たそうとした。

（外の世界に、自分を待ってる人なんていないって）

現実に直面するのがどれだけ恐ろしいか、阿久津は理解できる。

その恐怖は宮木も同じだったはずだ。

怯えながらただそのときを待つのではなく、宮木は、自分から、危険を冒して檻から出ることを選んだ。本当の意味で彼の行動を理解することは、きっと一生できないだろうと思うけれど。

施設の周りに何もないからか、駅の方向を示す案内板が出ている。

阿久津はゆっくりと歩き出した。

どれだけ恐れていても、覚悟ができていなくても、容赦なく最後の日はやってきた。しかしこうして、問答無用で外へ出されてしまうともう、準備ができていないなどと言っている暇もなく、歩き出すしかなかった。

一歩外へ出た瞬間に、歩けなくなるなどということはなかった。

十年近く、塀の中で、色々な負の感情を、何とかごまかしてやってきたのだ。塀の外でも、騙し騙し生きていくことが、きっとできる。塀の中ほど簡単ではないにしても。

(これから、だけどな)

一人の夜とか、ふとした瞬間に、きっと胸をかきむしりたくなるような思いをするだろう。

叫び出したり、走り出したり、泣きわめいたり、することもあるかもしれない。そのすべてをやってみても、孤独も不安も恐怖も消えないかもしれない。

それでも。

今この瞬間は、思っていたほど、絶望的な気分ではなかった。

刑務所の高い塀に沿って、数歩歩いたところで、視線に気づいた。

進行方向に、飾り気のないシャツとジーンズを身に着けた、痩せっぽちの少女がいた。塀にもたれるようにして立ち、こちらへ顔を向けている。

一瞬誰かわからなかったが、それが誰かに気づいて、思わず足を止める。

きっと間抜けな顔をしていただろう阿久津を見ても、彼女のほうは表情を変えなかった。

数秒間の思考停止の後、なんとか脳が動き出して、

「……非番だって、聞いたんだけど」

ようやく言った。

会話に適した距離まで近づき、再び立ち止まる。

「……何してんの」

凪は、塀にもたれていた背を浮かせ、阿久津の正面に立った。

髪を下ろしていると、塀の中で見るよりも少し幼く見えた。

「誰も待っていなかったら、淋しいかと思って」

平然と、そんな答えを返してくる。

刑務官の制服とどちらがましかわからないくらいの素っ気ない服装だ。

それでも、着ているものの生地の違いのせいか、肩と首の細さが目立って、刑務官ではなくただの女の子に見えた。

（当たり前か）

今日の彼女は刑務官ではないし、今日からの自分はもう、受刑者ではないのだ。

頼りなげな薄い身体や、一本一本が細い髪の毛に、朝の光が跳ねている。しかし彼女が見た目通りの脆《もろ》い存在ではないことを、阿久津は知っている。

何も言えずにいる阿久津を、凪は訝《いぶか》しむでもなく見上げ――そしてただそれを告げるためだけに来たのだというように、大切そうに口を開いた。

「おかえりなさい」

解説

吉田大助（ライター）

隠れた名作、とはこのことだ。長らく入手困難な状態だった織守きょうやの三作目の著作『SHELTER/CAGE』（講談社・二〇一四年七月刊）が、新たに「囚人と看守の輪舞曲（ロンド）」という副題を付してこのたび初めて文庫化された。本作は、著者のキャリアにおいて重要な一作である。

織守きょうやといえば一作ごとに作風を変えることで知られるが、よくよく目を凝らしてみると二本の柱を持っていることに気が付く。一本目は、第一四回講談社BOX新人賞Powersを受賞した『霊感検定』（二〇一三年一月刊）、および第二二回日本ホラー小説大賞読者賞を受賞した『記憶屋』（二〇一五年一〇月刊）という二つのデビュー作に連なるホラーの柱だ。その特徴は、「怖い」のみならず「エモい」という形容詞で語られることが多い点にある。例えば『霊感検定』は、幽霊が視える能力を持った高校生のチームが、心霊現象に悩む人々の元を訪れ、事態の解決を試みる。そこで巻き起こるコミュニケーションは、どこか自助グループのような感触がある。強い霊感という宿痾（しゅくあ）を背負ってしまった人々が、認め合い、励まし合い、癒し合う面があるのだ。そこには明らかに、恐怖とは違う感情の交流がある。

もう一本の柱が、リーガルものである。二〇二一年夏頃に専業作家となるまで、著者は弁護士として働いていた。そこで培った知識や経験を核に据えたミステリーは、謎の魅力と解決の鮮やかさを楽しめるのはもちろん、知られざる法律家の日常や思考法を追体験するお仕事小説としても魅力的だ。その代表作が、先日双葉文庫より新装版で刊行された『黒野葉月は鳥籠で眠らない』（講談社・二〇一五年三月刊）と初文庫化の『301号室の聖者』（講談社・二〇一六年三月刊）、最新作の単行本『悲鳴だけ聞こえない』（双葉社・二〇二三年九月）へと連なる通称「木村&高塚弁護士」シリーズだ。語り手である新米弁護士・木村は、一筋縄ではいかない依頼人との交流を通して、法律家として自分に何ができるのかと日々葛藤を抱いている。そんな彼にアドバイスを授けるのが、ひとまわり大きな経験と知識、意外な発想の持ち主である先輩弁護士・高塚だ。多忙な高塚が、木村が抱える案件のために本格的に手を差し伸べた瞬間、事態は抜本的な解決へと動き出す。そこには「待ってました！」の快感が宿る。

その高塚が初登場した小説が、本作『SHELTER/CAGE　囚人と看守の輪舞曲（ロンド）』である。つまり、著者がリーガルものというジャンルに足を踏み入れた最初の作品だ。そして、刑務所を主な舞台に据え、ここが舞台だからこそ現れた〈他とは違った関係〉（作中の表現より）を描いた圧巻の人間ドラマである。

各話ごとに主人公＝視点人物が変わる、多視点群像劇形式が採用されている。第一話の主人公は、見習いを終えたばかりの新人女性刑務官・河合凪だ。彼女にとってこの職場での最初の仕事は、鉄格子の向こう側で眠る呼称番号一二六番の男を起こし、刑務所内の食事を作るための準備をさせることだった。ボイラー室へと向かう道中で、凪は厳しく受刑者に接しろという教えを脳裏に浮かべながらも、男と会話を交わす。男は言う「あんた変わってんな」と。

変わってるのは、男――二九歳の阿久津真哉も同じだった。ベテラン刑務官の菊川によれば、阿久津は担当工場を幾つも変わっている。「どこにいっても、いつのまにかリーダーになっちまうんだな。そういう奴は異動させられる。他の懲役を煽動して、暴動でも起こされたらコトだからな」。

第一話は凪の視点から、刑務所で一〇年近く生活していながらも「受刑者らしさ」がなく、檻の中にいることを気にしないかのように自由に振る舞う阿久津の姿が記録されていく。第二話は阿久津が主人公となり、刑務所で生活する心情や、過去の一部が明かされる。そして、凪もまた阿久津に己の過去を明かす。ここには一般的な「囚人と看守」とは異なる〈他とは違った関係〉がある、という感触が高まっていく。その関係性の変化には、刑務所内で起きたいくつかの事件、いわゆる「日常の謎」が寄与している。人間ドラマとミステリーの有機的な融合を味わうことができる。

第一話と第二話は、あくまで阿久津と凪の関係に焦点が当てられていた。本作の物語構成上の特異点は、第三話以降にある。第三話で、新たな「囚人と看守」のカップリングが登場するのだ。続く第四話が、最も大きな驚きをもたらすことだろう。「囚人と弁護士」「犯罪被害者と弁護士」のカップリングがフィーチャーされ、舞台は刑務所の外へ飛び出ていくのだ。この話に登場する弁護士が、「木村&高塚弁護士」シリーズの高塚だ。なおかつこの話は、殺人事件にまつわる謎がど真ん中に据えられている。最後に放たれる高塚の依頼人の利益と不利益の天秤にまつわる思弁は、リーガルもの特有の興奮がみなぎっている。そして最終第五話では、群像劇名物である「全員集結」が、意外なかたちで実現する。

　こうしたトリッキーな構成は、文庫化にあたり副題として付された「輪舞曲（ロンド）」の一語で表現することができる。その一語は本来は音楽用語であり、〈主題が同じ調で繰り返される間に異なる副楽章が挿入される〉（広辞苑より）器楽形式の一種を意味する。では、この物語における「主題」とは何か。刑務所の外と内はどう違うのか、刑務所は「SHELTER（避難所）」か「CAGE（檻）」か、また、「犯罪者も人間である」という議論も繰り返し登場する。ただ、物語の序盤で記録され、その後も折りに触れて現れているのは、復讐のために殺人を犯した阿久津に対して周囲の人々が浴びせる、「後悔してますか」という質問だ。

　阿久津の人物造形には、過去の刑務所もの――スティーブン・キングの中編小説「刑務所のリタ・ヘイワース」（『ショーシャンクの空に』というタイトルで実写映画化）や、ティム・ウィロックスの長編小説『グリーンリバー・ライジング』など――の主人公たちの姿が影響しているように感じられる。優秀でやさしく、聖者の側面がある。ただし、そのタイプの主人公が登場する物語に設定されたゴールは、主人公が冤罪を晴らすか脱獄するか、要は「塀の外」へ出る瞬間に感情の最大風速が設定されていた。

本作は少し様子が違う。「後悔してますか」と、周囲にそう問われてもいつもはぐらかし、心の中ではずっと「まさか」とうそぶいていた男が、初めて質問への答えを言葉で口に出す瞬間がクライマックスに置かれている。ふいに口から出た言葉は、彼の本音と紐づいていた。〈信じられない。言ってしまったことが、屈辱的ですらあった〉。その言葉は、実にあいまいで弱々しいものだ。反省や更生、何かしらの決意を直接吐露するものではない。しかし、間違いなく、ここから彼は変わると信じられるものだ。この言葉を出現させるために、ここに至るまでの全ての物語があった。この言葉をさらに先へと進めるために、ラスト五〇ページのロングスパートがあった。そして、静謐な感動が押し寄せるラストシーンが描かれることとなった。

ここで一冊の本を紹介したい。ドキュメンタリー映画監督にしてノンフィクション作家・坂上香の著書『プリズン・サークル』(二〇二二年三月刊)だ。受刑者同士の対話をベースにした更生プログラムを取り入れた官民協働刑務所、「島根あさひ社会復帰促進センター」を長期取材したドキュメンタリー映画の書籍版である。坂上はプロローグでこう記す。

〈『プリズン・サークル』の舞台は刑務所だが、これは「刑務所についての映画」ではない。語り合うこと（聴くこと／語ること）の可能性、そして沈黙を破ることの意味やその方法を考えるための映画だと思っている〉

決して「刑務所についての小説」ではない『SHELTER/CAGE　囚人と看守の輪舞曲（ロンド）』が全五話の中で繰り返し描いているものも同じではなかったか。人と人が向き合い、沈黙を破って語り出すこと。その言葉を、聞くこと。そこから、お互いの更生や回復が始まるということ。本作の真の「主題」は、たぶんここにある。

最後に、本書の次は著者のどの本を読めばいいかと悩んでいる人に、アドバイスを送りたい。一冊目はやはり、「木村&高塚弁護士」シリーズの第一作に当たる『黒野葉月は鳥籠で眠らない』だ。表題作は、リーガル・ミステリーの新基軸——世に正義の味方とされる弁護士は、実は愛の味方である——として語り継がれている。もう一冊は、法律家の卵たちが結婚にまつわる脅迫事件に臨む『花束は毒』（二〇二一年月刊）だ。同作は、冒頭で指摘した著者の二本の柱、ホラーとリーガル・ミステリーが融合した傑作となっている。

小説とは、「人間とは何か？」を探る営みだ。ホラーとリーガル・ミステリー、それ以外の様々なジャンルや魅力的な登場人物たちを通して、著者はその探究を続けてきた。その中でも特別な光を放つ『SHELTER/CAGE　囚人と看守の輪舞曲（ロンド）』が、このたびの文庫版刊行で多くの読者の手に渡ることを、心から喜ぶ。

・本書は二〇一四年に講談社より単行本刊行されました。
文庫化にあたり加筆・修正をしました。

双葉文庫

お-44-03

シエルターケイジ
SHELTER/CAGE
しゆうじんかんしゆロンド
囚人と看守の輪舞曲

2023年3月18日　第1刷発行

【著者】
おりがみ
織守きょうや

【発行者】
箕浦克史
【発行所】
株式会社双葉社
〒162-8540 東京都新宿区東五軒町3番28号
［電話］03-5261-4818（営業部）　03-5261-4831（編集部）
www.futabasha.co.jp（双葉社の書籍・コミックが買えます）
【印刷所】
大日本印刷株式会社
【製本所】
大日本印刷株式会社
【カバー印刷】
株式会社久栄社
【DTP】
株式会社ビーワークス

【フォーマット・デザイン】
日下潤一

ISBN978-4-575-52650-9 C0193
Printed in Japan